DISCOVRS D'ARISTARQVE A NICANDRE.

Sur le jugement des esprits de ce temps.

ET

Sur les fautes de Phyllarque.

Iouxte la coppie imprimée

A ROVEN.

Aux despens de l'Autheur.

M. DC. XXIX.

L'IMPRIMEVR.

VN tres-honneste Gentil-homme, plus ambitieux de la gloire de son amy que de luy-mesme, a tant faict par ses ruses, apres auoir inutilement employé ses prieres, qu'en fin il a tiré ce liure de ses mains pour le mettre és miennes; luy voulant, à ce qu'il m'a dit, pour le moins donner cet aduantage sur ceux qui escriront cy-apres des fautes de Phyllarque, d'en auoir le premier remarqué la plus grande partie: Il y a plus de trois mois que ie l'auois fait prier de le mettre sous ma presse: mais ayant faict responce qu'il n'auoit eu dessein que de plaire au Seigneur auquel il l'adresse, il n'y auoit pas mis tout le soin que demande vn liure public, & qu'il n'aymoit point si peu ses ouurages qu'il les voulust exposer à la rage de l'enuie: Cela fut cause que ie n'osay l'en faire importuner dauantage, & me contenteray d'attendre de son affection la pratique de quelques autres œuures qu'il m'a promises. Neantmoins ayant depuis treuué ceste occasion, ie me suis hazardé de luy déplaire, pour obliger le public, me remettant à tout éuenement de luy en faire mes excuses auec son amy. Ie ne l'ay point voulu nommer, de peur de l'engager dans les querelles de l'Eloquence, pour laquelle ie sçay qu'il a aussi peu d'ambition que d'interest, ou d'enuie dans les pretentions des autres, contre lesquels il n'agist qu'auec la liberté permise aux Escriuains, comme pour se tenir dans l'exercice de son estude, & sans auoir d'autre passion que celle qui faict les querelles des Aduocats, & les disputes des Philosophes.

L'AVTHEVR

A Mr. BERGERON.

MONSIEVR,

Il est tres-vray que ie n'auois iamais pensé de donner le jour à ce Liure, pour voir le monde, & encore moins d'y eterniser vostre memoire par vostre nom; mais puis que le zele inconsideré d'vn mien amy, qui me le déroba pour m'en acquerir de la gloire m'a desobligé à bonne intention , ie treuuay iuste de faire ses interests tous miens, & d'interuenir en ma propre cause, pour empescher liniustice d'arrester mon Liure au mesme lieu d'où il deuoit prendre son passe-port. L'Imprimeur, entre les mains duquel il auoit esté mis , m'ayant rapporté qu'il vous l'auoit laissé sur vostre foy iusqu'au lendemain pour le lire , apres que vous luy en eustes expedié le priuilege,& que neantmoins vous l'auiez depuis retenu quelques iours, sous pretexte d'en vouloir conferer auec l'Autheur: ie pry la resolution de vous rendre vne assez contrainte visite. Ie ne pû croire que mon discours en quelqu'vne de ses parties , se fust rendu suiet à vostre charge, qui ne peut auoir de legitimes importances hors la Religion ; l'Estat & les Libelles, pour s'opposer à vne impression: car pour la doctrine vous m'excuserez bien si ie ne croy pas que vous soyez juge competãt sur mes œuures. Ce n'est pas pour cela que i'aye bonne opinion de moy-mesme: mais c'est à dire vray que ie ne l'ay guere bonne de vous. I'expose librement mon esprit à la cenſire des doctes, & ie ſuis le premier à condamner mon iugement en ce que ie me laiſſay tromper à la feinte franchiſe dont vous faiſiez ſemblant de faire profeſſion durant noſtre entretien dans voſtre eſtude. Ie ne fû point aſſez penetrant pour ſonder voſtre ame, lors que ie penſoy que tant de compliments plus libres que doctes, eſtoient pluſtoſt naiz de quelque naïfue innocence que de la Cour. Ce que ie crû d'autant mieux que vous m'inuitaſtes à boire dés l'entree, penſant que ie crachaſſe pour cela, comme vo⁹ bailliez pour dormir, & ne treuuay pas pourtant mauuais faute de cognoiſtre mon humeur que vous m'ayez voulu traitter ſelon la voſtre, ou que peut-eſtre vous vous ſoyez imaginé que ce lezard pendu dans voſtre cabinet, eſt quelque Dipſade pour alterer tous ceux qui y entrent. Ie vous aſſure que ſi i'euſſe eſté crocheteur ie vous euſſe pris au mot, & tel que ie ſuis ie me ſens encore obligé à voſtre offre. Comme vous commençaſtes par là de me receuoir courtoiſement à ceſte premiere veuë, vous continuaſtes & finiſtes de meſme. Durant tout l'examen de mon Liure, ie creu que vous auiez deſir de me voir pour me donner des loüanges plutoſt que des corrections. Vous n'y treuuaſtes rien que la raiſon & l'Ame n'euſſent approuué auant vous, & que l'Inquiſitiõ ne ſouſſignaſt apres. Il eſt vray que pour vous monſtrer exact en circonſpections, vous m'obligeaſtes de prieres aſſez humbles, de changer en quelques endroits *Pere Goulu*, ou *Le Moine*, en Phyllarque. Ce que ie fis auec tant de conſentement & de deference que ie vous offry mesme de faire brusler le Liure entier, si vous estiez obligé par la moindre consideration au respect de Phyllarque : mais m'ayant respondu que le pis que i'en sçauroy dire, passeroit pour le meilleur du monde vers vous, si l'Archibigoterie de M.M. n'en estoit point offensee, vous m'eussiez faict iurer que vous n'estiez pas capable de dissimulation. Quant à ces autres passages que vous auiez remarqué en mon absence, vous sçauez bien que vous ne les osastes disputer contre moy, qui pour n'estre point obligé à vostre indulgence, vous inuitay en quelques lieux de me donner les raisons de vostre doute : mais vous confessastes que la seconde lecture auoit donné beaucoup d'éclaircissement à vostre veuë, & que vous auiez mal-pris mon sens, encore qu'il paroisse par tout aussi bien que les fueilles, & les paroles de mon Liure. Vous ne peûtes acheuer de le lire par l'impatiēce que vous eûtes de me monstrer vos œuures, que vous me fistes voir en quelques Stances, qui sont à l'entree de Du-Bartas, en vn Sonet des Muses Françoises, en vn Achrostiche du Cabinet des vers Satyriques, & aux collections des meilleurs termes de l'Astrée. Ie croy bien que i'en eusse veu dauantage, si i'eusse esté plus patient, & qu'apres m'auoir faict admirer la couuerture de vos liures, vous m'eussiez confessé que c'est ce que vous en aimez le plus: mais estant pressé de meilleures affaires, ie me retiray apres auoir donné & receu toutes les satisfactions de vos courtoisies mutuelles, & laissay la charge à l'Imprimeur qui m'auoit conduit chez vous de receuoir le

Liure & le Priuilege, lequel fut remis par vous au matin du lendemain pour auoir toutes sortes de contentemens. Apres quoy i'ay treuué fort estrange, qu'au lieu de luy tenir parole vous vous soyez caché à luy, & que vous ayez donné charge à vostre logis durant plus de dix, ou douze iours, de dire que vous estiez à la campagne. Si i'ay été si simple de me laisser trõper à vos mines, ie le suis encore assez pour appeller toutes choses par leur nom propre, & pour ne desguiser point tellement mes pensees, que ie ne nomme cette procedure vne trahison. Ie ne vous eusse iamais mis au rang de ceux qui pipent à Paris, & ma confiance que ie donne trop libremẽt à tout le monde, eust abandonné ma vie en dépost à vostre foy: n'ayant peu m'imaginer d'estre si corrompu, que ma presence deust peruertir vostre honnesteté, qui fut l'appas par lequel l'Imprimeur me tira dans vostre demeure: & que ma veuë par vn effect contraire à elle-mesme, portast vos mouuemens à me nuire apres m'auoir cogneu. Mais i'ay sceu depuis que pour obliger Monsieur de la Nore-Aigron, à mon des-aduantage, vous auez retardé l'impression de mon Liure, afin que le sien qu'il a mis depuis peu sous la presse cõtre Phyllarque, eust l'honneur de passer le premier. Vous deuiez toute-fois croire que ie sçay assez bien deferer, pour ne luy point disputer le rang, en ce qui regarde la science. Ie l'ay tousjours plus estimé que Balzac & Pere Goulu ensemble: & si l'opinion peut donner vn jugement valable des choses que l'on n'a pas veuës, ie vous asseure bien que son liure ne cedera rien aux plus beaux ouurages de l'Eloquence: Mais pour ce qui est de la primauté du temps, ie suis prest de iustifier par vingt tesmoins de qualité, que le mien estoit en estat de voir la lumiere il y a plus de cinq mois: & ie peux veritablement dire qu'il estoit en estre auant que celuy de Monsieur de la Motte fust en idée seulement. Toute-fois on me vient presentement d'aduertir que ce n'est point ce qui vous a mis en faute: mais ouy-bien le dessein de partager le profit de mon Liure auec vn Libraire de vostre faction. Neantmoins ie ne crois pas auoir receu de grands preiudices de ce costé-là, au prix du desordre où l'vn de mes amis m'a faict dire que le Pere Goulu me pense mettre. Vous luy auez, dict-on, donné copie de mon Liure, dans lequel sa passion faict tant de rauages, qu'il en arrache les pages entieres, en renuerse les passages, en change les paroles, & en peruertit tout les sens. Ce que toute-fois i'ay peine de croire, le iugeant assez genereux pour se defendre sans vser de trahison, outre que ie de pretens point d'offusquer sa gloire, qu'il doit ie pense plustost cercher dans la probité que dans la science: Pour laquelle encore, hors ces deux volumes que i'examine legerement, ie proteste de luy ceder auec toutes les submissions d'vn homme qu'il auroit payé pour parler à son aduantage. Il faut dire vray que ie le iuge capable de faire beaucoup mieux en meilleures choses, & ses amis luy feroient tort s'ils vouloient borner son esprit & son estime dans l'œuure qu'il a faict contre Narcisse: car à le bien prendre, ce n'est pas estre fort habile d'auoir remarqué les

fautes

fautes de Balzac, que tout le monde cognoissoit, & que personne n'auoit entreprises, pource qu'elles estoient assez grosses pour estre veuës; ou qu'aucun autre n'auoit esté assez médisant: estant bien facile de faire des corrections si peu subtiles, auec tous les Autheurs ouuerts qui iamais traitterent de l'Eloquence, dont il rapporte les mesmes leçons que tous les Regens sçauent faire dans les Classes de la Rhetorique. C'est pourquoy i'aten les versions qu'il promet au public, auant que ie luy chante vne Palinodie, & que ie me dedise d'vn peu de blasme que ie luy ay donné. Aussi croy-ie qu'il n'aime pas les flatteurs, & que la cognoissance qu'il dit auoir de luy mesme, l'empescheroit d'approuuer que i'en disse du bien. Pour vous Monsieur le Referendaire, ie vous conseille de n'offenser plus personne si librement, de peur que quelque Fantasque ne se ressentist d'autant plus de vos iniures qu'il ne vous auroit iamais desobligé. Ne vous meslez des Liures que pour les faire dorer, & retranchez du nombre des vostres, ces deux que vous me monstrates, dont l'vn traitte de la Magie, & l'autre est contre l'Authorité du Pape. C'est de ceux-là dont il faudroit interdire l'impression, & non pas de cestuy-cy, que vous accusez calomnieusement (de peur que ie ne dye ignoramment) d'estre heretique, à cause qu'il parle des fautes d'vn Moine: comme si c'estoit vn Article de Foy de le croire, aussi infaillible que le Corps de l'Eglise entier. C'est ce qui m'a plus obligé de le donner au public, que toute autre consideration, de peur qu'on ne me condamnast par mon silence, & que vous ne vinssiez à vous preualoir de sa suppression, comme d'vn œuure meritoire: Aussi

E

ne preten-ie point m'en faire vne planche pour passer à l'immortalité, comme ces Doctes. I'y cherche plus de tesmoins de mon innocence, & de vostre malice, que de mon sçauoir, que le Ciel ne m'a donné qu'à la iuste mesure qu'il faut pour cognoistre combien ie suis esloigné de la perfection que les autres s'imaginent auoir atteinte. Il est vray que ie cōfesse n'estre sçauant qu'en ce que ie croy ne l'estre pas, & les lettres qui ne sont plus de ma profession, ne m'ont acquis d'esprit que ce qu'il en faut pour iuger au plus prés de celuy des autres, parmy lesquels ie ne vous donneray iamais ma voix pour estre faict Chancelier de France, Vous priant de croire que mon Liure ne laissera pas d'estre imprimé malgré vous, & que ie seray

Vostre seruiteur quand vous m'y aurez obligé.

ARISTARQVE.

L'AVTEVR AVX LECTEVRS.

MESSIEVRS,

En fin voicy ce liure qui a esté tant couru & qui n'a pû estre pris, qui cherche en vostre protection vn Asyle à son innocence. Ie suis marry que la consideration de mon particulier aye deu preualoir par dessus celle du public, & qu'il faille que ie vous sois importun, de peur de vous sembler coupable. La calomnie qui l'auoit imprimé dans l'imagination des peuples auec tous les deffauts qu'elle donneroit à vn monstre a esmeu dans moy toutes les passions dont la nature s'eschauffe pour la conseruation des enfans les plus legitimes. I'ay mieux aymé le laisser viure vn peu laid que le voir étouffer auec ignominie. Ie m'asseure que tout au moins vous ne le verrez point taché de mes enuies, & que mes appetits n'ont iamais esté si dereglez que ie me sois voulu faire une curee de la reputation de Phyllarque & de Narcisse comme on s'imagine: car certes il n'estoit fait que pour m'entretenir, de peur que ie m'ennuiasse tout seul dans la chambre, que ie luy faisoy garder, pource que ie ne le croiroy pas assez bien paré pour voir les bonnes compagnies, où que peut estre ie craignoy de le hasarder à la contagion de Paris: mais puis que ie suis obligé par les interests de l'honneur à le deffendre, i'ay crû que le cacher seroit le perdre, & que ie ne pourroy mieux le iustifier qu'en le monstrant: Ce qu'aujourd'huy ie fay par force, & veritablement contre mon intention. Les empeschemens qui se sont opposez à sa course luy ont serui d'vn aiguillon pour l'auancer, & ses mesdisances qui en ont donné des auersions à plusieurs m'ont fait le soubmettre à vostre iugement pour le tirer hors de la iurisdiction de mes parties. Apres l'auoir recouru de la meslee de ses ennemis ou la trahison du plus lasche cœur du monde me l'auoit engagé comme en vn enfant perdu sous vn faux passeport, on ne s'est pas contenté de luy auoir fait toute sorte d'outrages, on a tasché diuerses fois par l'entremise des personnes releuees de l'arracher de mes mains pour en abolir tout à fait la memoire : mais voyãt que ie descouuroy de loin leurs ruses ils se sont émancipez iusques là de le rendre si criminel que la Iustice mesme se fist de leur party pour sa ruine. La dessus on me fit faire des deffences pour empescher le cours de mon liure : mais puis qu'il estoit desia sous la presse, & que le suppliant fondoit sa requeste sur des raisons grandement offensiues, cela m'empescha de receuoir ses complimens pour la suppression de mon liure, ou du moins pour en retrancher son nom, ou quelques remarques qu'il s'est imaginé qui le desobligeoient : Pour moy ie treuue que ces Messieurs se font tort en leurs procedures de craindre apres auoir si bien estably leur reputation que le moindre choq la renuerse, & quand ainsi seroit qu'on les eut ebranlez de quelques secousses, ne sont ils pas assez forts pour se raffermir sans s'aider de supplications, ou de calomnie. Pour vn simple memoire des fautes de Phyllarque, pour vn petit abregé de ce que i'eusse peu dire, pour vn liuret qui ne semble qu'vn nain aupres de quelques geans prendre vne si chaude alarme qu'on en face visiter extraordinairement les imprimeries, c'est tout de bon faire paroistre la foiblesse de leur courage, & iuger qu'ils cognoissent auoir des deffauts pour donner prise a quelque ennemy : mais ce n'est pas auec ceste qualité que ie les traicte. I'escris auec aussi peu de passion que d'interest. Comme mon but n'estoit que pour tenir mon esprit en exercice, ie ne m'estoy point proposé personne à vaincre non plus que de prix à meriter, & ie feray cognoistre assez par mes deffauts le peu de temps que i'ay mis à faire ce petit œuure sans le dire. Ie ne nie pas que peut estre ie ne luy eusse peu donner vn peu plus de grace pour plaire si ie l'eusse fait pour vous entretenir, & si ie n'eusse point eu tant de chasteté pour le mettre à la presse, de laquelle ie vous supplie d'excuser les fautes & les miennes, vous promettant que si ie peu desbroüiller mon esprit de plus grands soins que de ceux de paroistre eloquant ie vous renuoiray des recompenses de l'attention que vous m'aurez prestee auec tant d'vsure, que vous serez contraints d'auoüer que ie vaux la peine qu'on me fauorise. Au reste ie vous aduerty que ie me prepare à la persecution, & qu'on va loüer des chaires pour declamer contre moy. Ie me plain que mon malheur m'ait insensiblement meslé dans ceste querelle, & que pour guarantir ma reputation il faut que ie la hazarde. Il n'y a point de vice imaginable qu'on ne me reproche, & que ie ne confesse à l'aduance, pourueu qu'il ne prenne sa cause que de l'amour, que l'obeissance de tout le monde rend assez souuerain pour donner des graces aux fautes qu'il nous contrainct de faire. I'atan bien qu'on tire ma Genealogie de Naaman, plustost qu'on ne me tache de lépre, & que ie ne seray pas moins exempt d'vn chaperon myparti de verd & de iaune que Balzac si Pere Goulu m'y condamne. Mais vrayment ie treuue iniuste qu'on luy donne des priuileges pour iniurier tout le monde auec tant de licence, & que sa robe authorise les libertez qu'elle condamne, sans qu'il soit permis de doubter sur ses œuures, comme si c'estoit quelque chose de plus sacré que la saincte Escriture, & qu'on n'en deut non plus mal parler que l'Alcoran en Turquie: Pour n'en pas mentir ces loix seroient tyranniques, & la Religion tiendroit trop de la bigoterie s'il falloit deferer si superstitieusement aux escripts d'vn Moine, qu'on fit vn point de conscience de les approuuer mesme iusques dans les subiets profanes, i'enten qui ne sont pas de la Theologie. Il arriueroit de là comme on a veu d'autres fois que quelqu'vn qui auroit de mauuais mouuemens prendroit des aduantages d'vne credulité si absolue des peuples pour nous persuader des opinions heretiques, & pour nous peruertir le iugement. Mais quel tort pense t'on Messieurs, que ie face à Phyllarque d'interuenir comme vn tiers entre luy & Balzac pour me moquer de leurs disputes? Ie ne dois point treuuer mauuais si faute de le cognoistre autrement ie ne peux me l'imaginer que tel qu'il se peint en son ouurage: son liure & non pas sa personne est l'obiet du mien. Ie ne recherche point s'il a fait des fautes contre les regles de son ordre, mais ouy bien contre celles de la Rhetorique, & de peur qu'il n'eut encore plus de sujet de se plaindre, ie ne d'estruy point pour le present ses preceptes, ny ses maximes de bien dire: mais ie m'en sers pour monstrer qu'il tombe en toutes les fautes qu'il remarque en autruy, & qu'il nous donne des loix contre lesquelles il peche le premier auec la licence qu'il corrigeroit en vn autre, à l'imitation peut estre de ceux que nostre Seigneur Iesus-Christ reprend dans l'Euangile, qui mettoient de grands fardeaux sur les hommes, dont ils se dispensoient eux mesmes. Ie ne luy impose rien de calomnieux, ie preuue tout par demonstrations, & par ses regles, que vous pourrez conferer auec ce liure, qui s'atend de receuoir autant de faueur de vostre courtoisie qu'il a receu de mauuais traitement de ses ennemis, auec lesquels ie ne refuseray iamais de faire vne paix honneste, de peur d'estre obligé de me fortifier de liures pour me deffendre contte eux dans mon estude, qui me seroit ennuyeuse par vn exercice penible estant malade d'vne oisiueté si inueteree, que le trauail ne me peut estre que beaucoup importun. Toutesfois *si la necessité m'y porte i'ay bien assez de vanité pour croire que ie n'emploiray point mal mes veilles, si principalement ie fay iamais quelque chose digne de vostre approbation, laquelle ie tascheray de meriter pour mes petites œuures auec vostre bien-vueillance pour ma personne, qui me rendra aussi glorieux si i'ay place dans le cabinet des personnes de merite, que Phyllarque d'estre peint dans le portefeuille de du Moutier, & c'est ce qui m'obligera d'estre,*

MESSIEVRS.

Vostre tres-humble seruiteur
ARISTARQVE.

A L'HONNEVR D'ARISTARQVE.

STRANCES.

PRose en vers qu'il te faille escrire,
Soit pour loüer, ou pour mesdire,
On n'en a point cognen qui fus pareil à toy:
Si l'on pouuoit souffrir en France
Quelque Monarque apres le Roy
Tu le serois de l'Eloquence.
On celebre la seule gloire
Dedans le temple de Memoire,
Comme seul tu fais voir ses neuf filles sans fard.
Qui croient bien dire sans crime,
Puis qu'Apollon estoit bastard,
Qu'il n'est pas leur Roy legitime.
Mais i'ay peur de la repartie;
C'est offancer ta modestie
De loüer cet esprit que tu nous veux celer;
Pourtant ie treuue fort contraire
Qu'en nous enseignant à parler
Tu nous enseignes à nous taire.

Par vn sien amy.

A NARCISSE ET A PHYLLARQVE.

EPIGRAMME.

FOibles & querelleux esprits
Cessez vos combats entrepris,
Vn autre fait seruir vostre honte à sa gloire,
Ce n'est qu'à son honneur que se font vos escrits:
Car de quelque costé qu'arriue la victoire
Aristarque en aura le prix.

Par vn sien amy.

DISCOVRS D'ARISTARQVE A NICANDRE.

Sur le Iugement des Esprits de ce temps.

Et sur les fautes de Phyllarque.

MONSEIGNEVR,

Ie n'oseroy me plaindre de ma mauuaise fortune tant que ie penseray viure en vostre souuenir, outre que la tempeste qui m'a poussé dãs ce port, n'a point encore laissé repre..dre le calme à mon esprit, pour vous faire le recit de mes aduantures ; C'est pourquoy ie ne vous en diray rien, sinon qu'apres auoir fait toute sorte de pertes m'estant trouué seul, ie me suis laissé conduire à mon Ange qui m'a mis dans Paris, comme S. Paul dans le Ciel sans sçauoir si i'y suis en corps ou en esprit seulement: Ie ne veux plus me souuenir de mes desplaisirs que pour estimer ma patience par mes pertes. Depuis que ie n'ay eu l'honneur de vous voir, i'ay digeray dans mon cabinet vne partie des ennuis qui me chargeoient le cœur, & ie commence d'apprendre que ie ne seray jamais plus riche que quand i'auray tout perdu. Il faut aduoüer qu'à peine ie me cognoy moy-mesme en ceste bonne humeur: Ie croy que tous les miroüers me trompent, car il est vray que ie me suis transformé comme si j'auoi passé sur des charmes.

I'ay changé de tout hors-mis d'affections, & c'est la seule marque qui me fait encore cognoistre pour vostre seruiteur. Au reste ie ne voy plus de Dames que les Religieuses & mes exemples ne sont plus que des Capucins. Ie suis prest de mourir martyr, & i'attend qu'au premier Concile on me canonise: Ie fay consister toute la gloire du monde à le mépriser. Ie ne me plais plus qu'à composer des prieres & des epitaphes, & sans me mesler dans les parties de l'eloquence, ie laisse debatre Phyllarque, & Narcisse, de peur d'estre heretique d'vn costé ou d'autre en les soustenant. Au temps de ma vanité ie me feusse peut estre pleu dans ceste chicane, & ie ne sçay si la iustice m'y eût conserué quelque droict: mais pour le present ie pense plus à reformer mes mœurs que mes paroles: ie desprouue toutes mes folies passees, & m'en veux faire releuer comme des actes de ma minorité. Ie n'aspire plus à ceste vaine gloire, ce n'est qu'vne ombre qui nous suit, & qui nous trompe. Toute l'estime du monde n'est rien que le vent du cor que les Poëtes donnent à la Renommée, & apres tout ces sages du temps ne sçauroient par les veilles & par les soins porter leur nom si loin que Chaudiere, & se rendre si connus que Tabarin. Pour moy ie me contente d'vser des elements sans en sçauoir les qualitez, & d'auoir appris les noms des arts liberaux sans en auoir la science. I'ayme mieux vne Idée de mon ancienne Melite que toutes celles de Platon, & ie croy que les nombres de Monsieur de Fiat valent mieux que ceux de Democrite. Neantmoins ie ne suis point tellement degousté des passetemps que ie treuue encore bon de rire. I'ay creu ne me pouuoir plus plaiſamment exercer qu'en liſant ces liures qui courent, où ie croirois auoir mal profité, ſi ie n'en auoy tiré quelques remarques pour vous partager mon plaiſir, comme en me recompenſant de ma peine: Ie ſçay que vous aymez les nouuelles, & i'ay tant de paſſion pour vous plaire, que ie ne peux excuſer mon ſilence où me commande le deuoir. Le ſujet & l'occaſion qui m'inuitent forcent ma pareſſe, & la nonchalance auec laquelle i'eſcris pour me rendre vn peu long à vous entretenir, non point ſur les nouuelles de la Cour, que vos agens vous apprenent touſiours aſſez, & que ie ne cherche point: mais bien ſur la vie de nos nouueaux Academiſtes, ſans toutesfois les entreprendre à la rigueur, de peur de m'engager en des volumes, & ſans en eſperer d'autres aduantages que de vous diuertir en me deſennuiant.

Certes, il y a vn extreme plaiſir de voir en ce pays ces faiſeurs de ſectes ſur le point d'honneur diſputer à qui ſe dira des iniures en meilleurs termes: ils ſe querellent ſur le moindre mot comme ces enfans qui ſe gourment pour vn vollant, ou pour vne pelote. Ie n'ay peu reſoudre ma patience à ſouffrir dauantage ſans ſe plaindre du temps, & des mœurs, & ſans me contredire dans le vœu que i'ay fait de meſpriſer les vanitez, i'ay creu en pouuoir bien donner mon aduis puis que les Moines s'en meſlent.

Ie penſois qu'il n'y eut de guerre qu'au Languedoc, & en Onis: mais i'ay trouué icy tous les eſcriuains en armes pour faire à ce Carnaual vn Tournoy de Philoſophes, comme autrefois de cheualiers; On croit pourtant que les bleſſures ſeront legeres, puis que leurs armes ne sont que de plume, & tout ce qui sera de plus dangereux, c'est qu'il est à craindre qu'ils se battent long temps, si vous ne les venez accorder, soit qu'ils disputent la proprieté d'vn bien, où plusieurs croyent auoir part, ou soit que le Parlement ne puisse pas cognoistre de ceste matiere pour les iuger : mais depeur que vous ne pensiés que ie vous face le conte du Passenuë, ou le recit des combats de la fausse histoire du Lucian, ie vous diray pour m'expliquer que Balzac qui pretend à l'empire de l'eloquence, s'est faict si delicat qu'il a pris enuie à Pere Goulu de le deuorer. La dessus il s'est formé deux grands partis, l'vn des esprits solides, & l'autre des subtils. Ie ne les treuueroy pas loin d'accord s'ils n'auoient en differend que leurs qualitez : les vns pourroient bien passer pour solides ; puis qu'ils sont si grossiers & materiels qu'ils choquent tout le monde, & les autres pour subtils, puis qu'ils s'esuanoüissent comme ces fantosmes qui font force bruit en arriuant, & ont force esclat ; mais qui en fin s'en vont en fumee. Cependant ils s'imaginent que nous estions tous begues, & qu'ils nous ont délié la langue : ils nous monstrent de gros volumes de Rhetorique & d'Eloquence : mais comme ils sont mauuais maistres pour faire des leçons, ils sont aussi mauuais escoliers pour les apprendre, puis qu'ils peçhent les premiers contre leurs regles en force lieux. Pour moy ie pense que ma nourrice en sçauoit autant que la leur, & ie les asseure bien que si i'auoy besoin de fleurs i'en cercheroy plustost dans les iardins d'hyuer, que dans leurs liures : neantmoins ils croyent qu'on ne les promene qu'en carrosse, &

qu'on ne les doit lire que sur les genoux des Dames, ou sur des popitres de velous. Ils marquent chasque mot d'vn accent graue, & pensent assez auctoriser leurs œuures de leur nom, comme si c'estoit le mot qui les peut faire passer au trauers des ans, & des siecles. On diroit proprement de ces deux sages, que c'est Herophile & Diogene ressuscitez ausquels toutes les opinions des hommes estoient paradoxes & ridicules. Tout n'est rien sans leur approbation. Cela n'a pas laissé de leur acquerir de l'estime parmy le peuple, mais c'est vn iuge sourd de qui les arrests ne sont iamais valables. Toutesfois ceux qui en parlent auec plus de cognoissance trouuent que toutes les opinions de Balzac ne sont pas iustes, puis que le Clergé s'y oppose, & que ceste souueraineté qu'il auoit vsurpée sur la foiblesse de ceux qu'il s'estoit rendu subjets, n'est point fondee ny en tiltre ny en raison. On le peut bien croire Roy des eschets, plustost que du bien dire ; puis qu'on void qu'vn pion le matte, & qu'vn pauure Moine le reduit à chercher par tout des cautions de sa suffisance. On dit si son stile n'est affecté, qu'il n'en est pas loin, puis qu'il ne luy manque qu'vne lettre, & qu'on le void affeté par tout. La plus part de ses periodes ne se lisent qu'à perte d'haleine, & ses mots empoulez qui mettent l'vnisson dans toutes ses lettres, ne seruent qu'à exprimer vne magnifique ignorance, qui passe l'ordinaire & la commune. Il a pris vne telle habitude à railler qu'il n'est iamais serieux que quãd il se louë soy mesme : & ne flatte les plus grands Seigneurs que par ironies, & par Hyperboles. S'il en faut croire à ce qu'il dit ie vous asseure pourtant qu'il est tres-habile homme, & qu'il est bien capable d'vne bonne Abbaye pour le moins. On croit encore qu'il seroit fort pauure s'il n'auoit pas tant derobé, ie ne l'en voudroy pas accuser s'il ne s'en defendoit: mais il faut aduouer qu'il a ceste dexterité de prendre finement à la façon des Bohemes qui changent le poil aux cheuaux, & la couleur aux estoffes pour les faire mescognoistre. Il entend le secret des essences, & fait bien souuent passer en mon mon vne sentence de Philosophe pour vne pensee de Balzac: ce que ie ne trouueroy pas mauuais s'il approuuoit les Autheurs dont il se sert luy-mesme. Iestimerois vn gueux bien fol qui aymeroit mieux aller tout nud que s'habiller à la fripperie, de peur de se seruir des habits des autres : mais ie le croiroy fol au double, si apres s'en estre couuert, il s'imaginoit estre ainsi venu au monde & que les tisserans & les tailleurs ont des mestiers inutiles. Nostre Philosophe moderne en fait de mesme, il pense estre nay coiffé, ou qu'il s'est faict docte par inspiration ; Et s'il suiuoit les preceptes des anciens , il nous voudroit persuader que l'esprit de Demosthene anime le corps d'vne beste. Il ne veut d'autres loix ny d'autres regles que ses lettres pour faire vn parfaict Orateur, comme si elles estoient composees auec des caracteres de magie & non pas d'imprimerie simplement, si est-ce qu'on n'y void rien de plus industrieux , que l'art dont il sçait farder ses deffauts, car il faut aduoüer que toutes ses paroles semblent estre d'or & de poids, mais c'est vne monnoye qui n'est bonne qu'à debiter aux quinze-vingt, & aux enfants ausquels on fait passer les gettons pour pistoles. C'est toutesfois auec ces tresors l'Empereur de l'eloquence, mais à la façon de Pyrrhus qui pensant ressembler

Alexandre, fust bien trompé, quand vne femme de Larisse luy fit voir qu'il ressembloit au cuisinier Renoüillet. Pour moy ie croy qu'il n'ose se mirer, de peur d'auoir vn semblable, & qu'il n'est pas moins ialoux de son ombre que Bucephal. Par ses plaisanteries, ie me trompe fort s'il n'eust esté bon charlatan, & s'il n'eust fait fortune à la place D'aufine, il est assez boufon pour s'exempter des fraiz d'vn harlequin, que les autres entretiennent pour faire rire: Et il ne faut pas s'estonner si ses œuures sont pleines de boutades, & d'extrauagances, puisqu'il en a fait la plus grande partie à Rome, & en esté; & qu'il est si delicat que ne pouuant porter son habit quand il fait chaud, il n'escrit qu'en pantalon dans son estude. Si ie mettois autant de temps à faire vne lettre que luy, j'oublierois à escrire; Auant que i'eusse couru comme luy les quatre coins du monde dans ma chambre, ie serois à perte d'haleine, & ie m'arracheroy les cheueux plustost que les pensees, s'il les falloit enfanter auec tant de trauail. Il tourne bien souuent toute la circonferéce auant trouuer le poinct: & quelquefois pour trouuer vn mot, il faut vne chaisne de vingt paroles; I'estime que c'est prendre la peine pour rien faire, autant que l'ingenieux Pompee deuant la Rochelle. Ie ne sçay pas d'où est venuë l'approbation qu'on a donnee à son liure: pour moy i'y ay trouué tousiours plus de mal que de bien, puis qu'il ne nous descrit que des maladies, où il ne reste qu'à conter ses medecines, & ses selles pour porter toutes ses affaires au nez des curieux. Il fait comme ceux qui sont bien ayses d'auoir la galle, pour prendre plaisir à se gratter. Il ayme de souffrir pour se plaindre: &

au lieu de s'humilier en ſon infirmité, il en prend des aduantages pour faire des brauades, & des deffis. Il eſt plus ruyné que le Chaſteau de Biceſte, & plus vſé que la robbe de Rabelais, & toutesfois il parle d'amour à Clorinde, qui n'eſtoit point fille à ſe contenter d'vn gouteux. Il ne ſçauroit faire l'hiſtoire d'vn demy quart d'heure ny la deſcription d'vne lieuë de pays, & neantmoins il promet vn grand œuure, vn iugement, & pluſieurs autres merueilles incogneuës. On diroit que ſa grauelle luy forme des pierres pour iettet contre tout le monde auecque des iniures, & des meſpris.

Vn Moine qui n'eſtoit peut eſtre que trop chargé de ſa regle, n'a peu ſupporter ceſte tyrannie; Il s'y eſt oppoſé auec plus de courage que de force, qui toutesfois luy ſuccede aſſez glorieuſemét puis qu'il a reduit ſon ennemy aux termes de ſe deffendre. Quelques vns luy veulent donner la diſcipline pour s'eſtre vn peu trop auant engagé dans le monde, & deffendent plus eſtroittement les vengeances aux Religieux: car quand il auroit eu le ſujet de repartie qu'il veut faire croire, il euſt monſtré plus de prudence à ſe taire qu'il n'a monſtré de ſcience à repliquer: ou s'il euſt voulu teſmoigner n'auoir d'autre intereſt que la cauſe publique, comme il proteſte, il la deuoit deffendre auec plus de moderation, & de retenuë: & ſupprimant ce nombre d'iniures qui offence meſme les lecteurs iuſques à l'ennuy, il n'euſt pas laiſſé de nous donner ſes regles. Il ne debuoit point tant fauoriſer la liberté de ſes penſées qu'il ne contraignit vn peu ſon diſcours. C'eſt introduire les Satyres en proſe, qui ne donneroient point tant de meſſeance à quelqu'vn, qui ſeroit

ſeroit d'vn autre condition. Ciceron qui ſçauoit mieux regler ſes mouuements que Phylarque, n'oſant ſe mettre aux inuectiues contrs Antonius, eſt content de ſe venter que s'il vouloit il diroit contre luy pluſieurs choſea infames : mais qu'il craindroit que prononçant des paroles dignes de luy, elles ne feuſſent indignes du lieu où il parloit. Il ſeroit bien en peine de nous inſtruire comment il faut remettre les vengeances à Dieu, puis que luy meſme s'y emporte auec tant de bile, & de precipitation. Il n'auroit pas eſté ſi patient que Caton qui n'eſtoit pas Moine, lequel dans vne action publique souffrit ſans s'eſmouuoir l'iniure de Lentulus qui luy cracha au viſage, & qui à ce que dit Seneque, fut autant blaſmé, que l'autre merita de loüange, A quelque point que l'excés de l'iniure monte, dict Tertulien, il apporte autant de gloire à celuy qui la ſouffre, ou qui l'oublie : mais ie n'entreprends pas de preſcher aux Moines, outre qu'en la cholere qui pouſſe le noſtre ce ſeroit peut-eſtre preſenter vn miroir à vn aueugle.

Sans diſputer la raiſon qui le faict eſcrire, ie ſçay bien qu'il a fait grand plaiſir à vn de mes amis de l'auoir exempté des peines de paſſer plus auant aux obſeruations qu'il auoit commencees ſur les œuures de Balzac. Il a quitté ce trauail, ſoit pource que les nouueautez gaignent ordinairement vn grand aduantage ſur les eſprits des peuples, ou de peur qu'ō le creuſt n'eſtre qu'imitateur de l'autre dans ſes remarques, ou dans ſon deſſein. Vrayement il faut aduouer qu'il n'eſt pas aſſez habile pour vn Moine: & s'il eſtoit vn peu plus Philoſophe, ou plus Orateur que pedant, il ſeroit aſſez paſſable parmy les mediocres; si est-ce qu'il ne croit pourtãt pas moins que Narcisse qu'il ne manque rien à sa perfection: quelque mine qu'il fasse il est bien marry que le froc l'oblige à l'humilité, quelque desguisement que l'habit donne à son ame il est bien facile à voir que de l'abaissement où il se met il voudroit qu'on l'esleuast sur quelque montagne, qui comme celle du desert peut estre veuë de tout le monde: Il fait comme celuy qui perçoit sa robbe pour monstrer la vanité de son habit, qu'il faisoit semblant de cacher auec beaucoup de modestie. Les Lacedemoniens vestus à la nonchalance, & rustiquement, ne s'exempterent pas dans les jeux Olympiques, d'estre taxez de vanité par Diogene, aussi bien que les Rhodiens dans leur pompe,

Nostre homme pretend de faire treuuer tous les Escriuains ignorans tant en vers qu'en prose. Il fait diuerses besongnes à la fois: comme s'il auoit l'inuention de ces droles à la foire sainct Germain, qui font joüer tous les mestiers par vne roue, ou comme cette Tarentille Næuius

Alium tenet, alij aduicat, alibi manus
Est occupata, ast alij percellit pedem:
Alij dat annulum expectandum de labris:
Alium inuicat: cumque alio cantat: attamen aliis
dat digito literas.

Il vient de Rome, il est allé iusques sur les costes qui regardent l'Angleterre, il retourne aux Pyrenees (& non pas il s'en retourne pour discourir à sa mode) il doit parler à tous propos dans les assemblees des personnes Religieuses, il doit les entendre en particulier, & respondre aux lettres qui viennent du dedans & du dehors du Royaume, il fait luy-mesme les responses en diuerses langues, & à des personnes de toutes qualitez : si de vingt-&-quatre heures du jour naturel vous en defalquez le temps qu'il doit au seruice de Dieu, tant à l'Autel qu'en son particulier, celuy qu'il doit aux necessitez de dormir & de la refection, celuy que la ciuilité l'oblige de donner en quelque lieu qu'il se treuue aux visites de ses amis, apres cela vous n'en treuuerez pas beaucoup de reste pour Phyllarque, & on l'accuseroit de vanité s'il disoit le peu de temps, & de peine qu'il a mis à luy faire escrire toutes ses lettres à Ariste. Voila vne belle periode, il y deuoit encore adjouster le temps qu'il a mis à lire les Romans d'Amadis, d'Organde la Desconnüe, de Maistre Guillaume, de Dom Guichot, d'Armide, les Fragments de Petrone, & les liures de l'Aretin, qu'il cite en quelques lieux. Il nous dit tantost qu'il ne fait ses lettres qu'à cheual & aux hostelleries, entre le lict & la table, & ie m'estonne qu'il ne les souscrit toutes du Cabaret, plustost que de Roüen, de Perronne, & d'autres lieux : Il n'a jamais passé par si petit village qu'il n'en datte vne lettre pensant en eterniser le nom dans ses œuures comme de la Tépé des Grecs, ou des Bayes des Romains, ou pour faire croire qu'il a beaucoup voyagé : Tantost il veut persuader qu'il treuue tousiours à l'ouuerture du liure ce qu'il cherche, & qu'il ne void les œuures de Narcisse qu'en passant, toutesfois il en fait deux gros volumes de corrections : mais ie croy qu'il ne dit cela que pour s'excuser vers les clair-voyans des fautes qu'il y approuue par son silence, ou qu'il n'y a pas remarquees pour auoir negligé. S'il estoit question de plumer la Corneille il ne luy falloit point laisser des plumes empruntees: puis qu'il recherchoit l'autre de ses larcins, il ne luy deuoit pas seulement laisser la bourse apres l'auoir fouïllé par tout: il luy demeure encore plusieurs alleguatiōs desguisees, dont il se pourra seruir comme de son propre: & le Moine deuoit pour le moins auoir autāt leu ou auoir autant de memoire que Balzac pour cognoistre tout ce qu'il aplique à sō vsage. Il est trop exact en plusieurs endroits, & trop indulgent en d'autres. Et cela prouient de ce qu'il est si esblouy dās l'admiration de luy-mesme qu'il ne void pas la moitié des deffauts qu'il cherche en son ennemy: car quoy qu'il proteste il n'a de fard assez naïf pour cacher sō hypocrisie. Les personnes vaines ressēblet à ces fous qui sont sujets aux reuolutiōs, & qui vous entretiēdront quelque tēps de sang froid sur le serieux: mais que la premiere boutade emporte, & que des mouuemens tous desreglez abandonnent à leur caprice. Il vous dira tantost qu'il ne se pique jamais ny d'enuie ny de jalousie pour le bien dire; qu'il en laisse la gloire & la pretention mesme à qui voudra ou la pourra meriter. Il ne se cognoist pas si peu luy-mesme qu'il ne sçache iusques où se peut estendre sa portee, il recognoist son ignorance, & il se prendroit pour vn autre, s'il se prenoit pour bon orateur. Il ne parle point d'autre langage que celuy qu'il apprit de sa mere; & toutesfois il confesse apres en se contredisant que depuis six ans qu'il est presque tousiours hors de France, il luy a falu oublier sa langue naturelle pour apprendre vn langage estranger, il n'a veu des Romans, des aduantures, des lettres du temps, des Histoires de Bergers que la conuerture; de façon que quand il nous dit qu'il ne prend nulle part à la gloire de l'eloquence Françoise, nous deuons donner plus de croyance à la verité de ses paroles que de loüange à sa modestie; voyla ses termes: puis qu'il fait dire par le Libraire sur vn autre ton que ses lettres ne luy ont cousté que la peine de les escrire, que ce n'estoit pas des lettres estudiees, ny meditees: mais escrites, ou dictees par l'Auteur sur les champs par vne force & boutade d'esprit, sans mesme en auoir fait de minute, enuoyant les originaux tels qu'ils sortoient la premiere fois de dessous sa main: En mesme lieu il les compare aux desseins de Michel Ange comme le iugement de Balzac, & dit en rime qu'elles passent & excellent tous les adoucissemens & finissemens des peintures des Flamans. Ailleurs il se fait passer pour le present Vlysse qui vient rompre les charmes de ceste trompeuse Siréne appellant ainsi Balzac, mais de peur que nous ne croyons qu'il se flatte, il nous apprend que sa suffisance a receu le témoignage non mandié des saincts & des doctes. Ie pourray remarquer neuf ou six endroits de ce que i'ay eu loisir de lire en ses lettres où il se louë presque tousiours d'vne mesme façon, mais voicy où sa vanité paroist auec plus de presumption & d'effronterie, C'est en la derniere de la seconde partie, où pour monstrer l'estat qu'il fait des Cardinaux & des Euesques, tant il seroit marri de donner quelque petite loüange à vn autre, qui ne tournât à son aduantage, il dit qu'il a maintenu leur dignité & leur droit: comme s'il eut serui d'vn pilier à l'Eglise, ou d'vn appuy à leur auctorité: vrayement ces grands personnages luy sont bien obligez de leur subsistence. On diroit aussi à propos de Maistre Pierre du Coignet qu'il soustient toute la voute de nostre Dame. On dira plus qu'il ne faut pas laisser pour vn Moine de faire vn Abbé, puis qu'vn Moine seul croit auoir fait le Pape en conseruant les Cardinaux & les Euesques desquels & par lesquels il se fait. Apres cela ie ne m'estonne pas s'il se plaint de la colique, puis qu'il a tant de vent Il adiouste qu'il a baffoué au gré de tout le Clergé de la France le plus insolent & le plus sçauant de tous les Ministres huguenots. C'est dequoy ie ne sçay rien; mais si cela n'est estre vain iusqu'au plus haut degré ie luy pardonne, sans conter que voila vne grande inesgalité d'humeur, & de style, apres le discours precedent, où il se veut faire passer pour ignorant, & pour le plus pauure prestre du monde. Cet aneantissement de soy-mesme est vn deffaut qu'il reprendroit en quelqu'vn qui comme luy fairoit du Professeur en Rhetorique, & qui promettroit de donner au iour quelques vnes de ses versions par le commandement des plus grands de ce Royaume, qui est vn autre vice qu'il taxe en la personne de Balzac, de Pierre Paschal, & de plusieurs autres Orateurs anciens & modernes.

On peut iuger qu'il n'est pas fort temperant de ce costé là, & que s'il a de l'humilité ce n'est qu'en son stile, qui rempe tellement qu'il ne s'esleue jamais de terre: ses pointes sont si esmoussees qu'il ne frappe iamais guere son ennemi que du plat. Bien qu'il soustienne que l'eloquence ne se peut trouuer que dans les chaires & dans les barreaux, & qu'il tasche de conuaincre tous les courtisans d'ignorance & de flatterie, il auroit besoin d'auoir vn peu mieux appris de leur mode les termes qui sont de mise selon le cours du temps, ou autrement il faut qu'il aduoüe que Marot parloit aussi bien que Malherbe, & que la monnoye de la ligue est aussi bonne pour le commerce, que celle dont on vse à present. Ie sçay bien que plusieurs se veulent dispenser de cette loy, & qu'ils regardent plustost les choses que les mots: Mais puis qu'on doit tousiours tendre à la perfection, ie ne trouue point raisonnable qu'on se licencie tant soit peu. Il est vray que la reputation d'vn bon liure ne dépend pas d'vn mauuais mot : si est-ce qu'vne galle deffait bien la beauté d'vn visage; vne petite tâche oste beaucoup du prix & du lustre de nos habits, vn festu nous offence la veuë. Ce n'est point estre simplement superficiel de s'attacher aux mots, ils ne sont point si déliez du subiet qu'ils n'en fassent vne partie; comme les belles pierres ne sont point tellement pour orner vn Palais à l'exterieur, qu'elles n'aident à la structure; outre la grace ils sont merueilleusement energiques & significatifs. Quiconque se veut separer du commun, il n'en doit point auoir les termes, ou autrement ce seroit vouloir hanter le Louure en habit de Crocheteur ou de Charbonnier. Le Moine qui se vante de ne regarder pas de si prés, & de n'escrire qu'en negligent, demeure quelquesfois aussi maigre, & aussi froid que la mort : Quand on luy taste le poux on le trouue si foible qu'à peine peut-on cognoistre s'il est animé; ses discours languissans & mal-agencez, nous choquent à tous coups de mauuais mots, & de mauuaises phrases. Ie seroy trop long pour les remarquer tous, i'en prendray seulement quelques vns que la rencontre m'a plustost fait treuuer que la recherche, & qui suffiront pour prouuer que le Pere ne sçait pas tout. Ie n'appreune point qu'on dise : Il respondit sans barguigner; qu'il a traduit en son Apologie de Socrate; au lieu de mettre : Sans begayer, ou, Sans hesiter. Ie treuue mieux dit publier, que, tympaniser. Brocher, pour dire, oster, ou, rayer, n'est point passable. Ie diroy plustost, ruette, que de ruelle d'vn lict. Defalquer est vn mot de boutique, pour oster, ou retranher : Tiré, deschiré, combattu d'affections contraires, vaut mieux que tiraillé. Dire que cela n'est pas du gibier de quelqu'vn, pour dire, que quelque chose n'est pas de sa cognoissance, de sa iurisdiction, ou de ses affaires, est vn terme vulgaire, & qui de soy ne signifie rien, non plus que tenir ses esperances à l'erte, au lieu d'alegres, gayes, & esueillees : Et chanter pouïlles, pour dire, iniurier. Ie ne diray point encore de quelqu'vn qu'il est en reputation, en credit, en estime. Et ie mettray plus à l'ordinaire, auant, qu'auparauant. Il a aussi quelques prouerbes d'assez mauuaise grace, comme iuger d'vn Lion par les ongles; iusqu'aux autels & d'autres que vous pourrez remarquer en lisant auec plus d'attention que moy.

Il se sert d'vne façon de parler fort impropre quãd il dit prendre garde souuerainement, au lieu de soigneusement, sur tout, exactement; On dit commander souuerainement, regner souuerainement: il fait passer la malignité de la fortune pour la malice de la fortune; faute de sçauoir qu'on dit la malignité d'vn vlcere, la malice d'vne femme, dire la malice d'vn vlcere ne seroit pas plus ridicule que l'autre; i'auouë qu'on vse du mot de malin quelquefois ailleurs : mais c'est plus proprement qu'icy, comme quand on dira vn aspect malin, on appellera

le Diable

le Diable malin ; outre que quand l'vsage s'abuse le bon Orateur doit parler par raison. Dire de quelqu'vn qu'il parle à bastons rompus, n'est point propre, ouy bien battre à bastons rompus ; appeller Narcisse ennemy capital de la chasteté des Dames est parler ignoramment : on ne peut estre ennemy capital d'vne chose qui n'a point, on qu'on ne peut s'imaginer auoir de corps ou de teste, comme estre ennemy capital de la fumee ou de la chasteté des Dames. Trés est inutile & impertinent quand il condamne par superlatif Balzac a vn chastiment tres-exemplaire pour dire des rigoureux ou exemplaire simplement ; le gibet & le foüet sont supplices autant exemplaires que la roüe & la flamme: En vn autre lieu il dit des lettres de son riual qu'on y rencontrera à chaque bout de champ vn quoy qu'il en soit, &c. Il faloit mettre à tout propos, n'estant ce commun dire en bon vsage qu'en cet endroict il s'arreste, ou il s'esgare à tout bout de champ. Dire pis que pendre de quelqu'vn est vn terme commun &vilain, dont il vse froidement, & qui n'a point de signification que par periphrase ; Comme s'il vouloit dire que Balzac dit des Moynes choses capables de pis que de les faire pendre : Ie ne peus consentir qu'on mette creance, au lieu de croyance pour parler mignard : On dit que quelqu'vn est en creance, pour dire, qu'il est en credit, & en estime; mais on dit qu'on a croyãce de quelque chose, pour dire qu'õ la croit, & si par cette regle on mettoit à l'infinitif crere au lieu de croire, ie ne sçay point comment les Poëtes y feroyent rimer boire Fermer le pas à la Religion n'est point receuable au lieu de fermer le passage: On dit aller le pas cent pas mille pas. Si le Roy vouloit assieger Constantinople il n'enuoiroit point demander le pas pour son armee dans les Royaumes estrangers, mais ouy bien le passage: On s'en sert encore pour dire vn passage d'vn autheur ou de l'Escriture. Ie diroy pour parler à sa mode, que voila des impertinences solemnelles, que ie me contenteray d'appeller extremes, pource qu'on n'vse de solemnel qu'en Festes, en serments & en ceremonies.

Voicy vn autre deffaut qui vient de l'excressance, ou dos potirons du discours comme il parle en sa lettre vnziesme de sa seconde partie, où il reprend l'autre d'auoir dit, quand ie ne seroy pas vostre seruiteur comme ie suis, marquant ce, comme ie suis pour inutile. Il dit donc ainsi: Ariste il faut que le menteur s'il n'excede en bon iugement, qu'il ait au moins vne bonne memoire; il falloit oster ce, qu'il, auec beaucoup plus de raison que le comme ie suis de Narcisse, d'autant qu'il est du tout inutile, & de tres-mauuaise grace: il suffisoit de dire, il faut que le mẽteur s'il n'excede en bon iugemẽt, ait au moins vne bonne memoire: Voicy qui est semblable dans l'Apologie de Socrates. Ie m'asseure que quand ce seroit le grand Seigneur qu'il prefereroit, &c. Ie me fusse contenté de mettre: Ie m'asseure quand ce seroit le grand Seigneur il prefereroit, &c. Qu'il y faict la mesme faute. Ie treuue, ce superflu, quand il escrit, ce dit-il, pour, dit-il, faire à croire pour dõner à croire, ou faire croire, ou faire accroire le mettant en vn mot, vaut moins que le sentir à bon de Narcisse. Il s'est enuolé au Ciel, pour dire il est volé au Ciel ne vaut pas dauantage. Cestuy-cy de la lettre iij. de la premiere partie est tout à fait semblable à ceux qu'il tire de Balzac. Les melancholiques, dict-il, iugeront sur l'excellence des lettres de Narcisse, comme font les Empereurs & les Rois sur la verité des Euangiles: font, ne sert de rien là, c'estoit assez de dire comme les Empereurs & les Roys sur la verité, &c. Cest autre de mesme façon se trouue dans la lettre viij. du mesme tosme: c'est vne estoffe teinte de couleur brune qui n'a ny gaieté, ny esclat qui resiouysse la veuë comme sont ces beaux tabis à fleurs. Au lieu de ce (font) encore il pouuoit bien mettre comme ces beaux tabis, &c. Il ne falloit point aussi dire, teinte, sçachant bien que si elle a de la couleur elle a esté teinte: on n'iroit pas demãder à vn marchand vne pane teinte de couleur verte pour demander vne pane verte: De mesme diroit-on vne estoffe de couleur brune, ou brune simplement. Ailleurs il met se trouueront par fois certains esprits, qui feront plus d'admirations en voyant vn escargot petrifié, pource qu'il sera venu de la Chine, que non pas à voir vn beau cheual dans les escuries du Roy, &c. Ce, non pas, est inutile: I'eusse dict qu'vn beau cheual dans les escuries du Roy.

Nostre bon pere desire tant qu'on dise de luy qu'il est gras comme vn Moyne, & qu'on cognoisse que nonobstant son vœu il ayme mieux l'abondance que la pauureté; qu'il s'enfle tellement en quelques parties qu'elles font montrer tous les autres maigres & decharnees si bien que par tout il nous fait peur ou pitié: On diroit qu'il a pris tous les preceptes de l'Escriuain de Lucian. Il ne se contente pas de nous dire qu'il nous veut monstrer vn mõstre, s'il ne dit qu'il nous veut faire voir cõme en vn tableau racourcy, la figure d'vne Chimere plus estrange que celle qui fut deffaicte par Bellerophon: ce seroit trop simplement parler de dire des confusions horribles, il faut mettre des confusions plus horribles que n'estoient celles du Caos, pour le moins il deuoit oster, n'estoient, & dire plus horribles que celles du Caos: On ne dira pas qu'vn homme n'est estimé sage par les loix qu'à vingt & cinq ans; mais ouy bien que la prudence humaine prend des hauts de chausses à vingt & cinq ans pour aller où il luy plaist; ce seroit trop offencer quelqu'vn de luy dire: qu'il n'est pas sage, il en faut parler plus couuertement, & dire qu'il est logé dans l'appartement des esprits mal faicts. I'estime qu'on appellera d'oresnauant ainsi les petites maisons où demeurét ceux qui dit-il ailleurs, nont pas vne bluette de sens commun dans la gernelle. C'est trop communement parler, de dire que les liures heretiques traittent de mauuaises opinions, il faut mettre des opinions contraires aux bônes: S'il ne nous eut dit qu'Orphee auoit esté malheureusement deschiré, nous n'eussions pas creu qu'vn homme qu'on deschire fust malheureux Ce n'est point assez d'appeller quelqu'vn eloquent, si l'on ne luy dit qu'il a fureté tous les cabinets de l'eloquence: Signer quelque chose de son sang seroit peu, si l'on ne disoit de son propre sang, & ce ne seroit pas bien cognoistre les liures qui ne les appelleroit les mouuemēts de l'antiquité, de mesme qu'il est trop populaire de dire que quelqu'vn est nay ou venu au monde, mais ouy bien qu'il est dans l'estre des choses.

Voila de la macrologie, du pleonasme & du stile froid en bon nombre, outre celuy qui reste dans ses œuures, & d'autres que vous verrez cy-apres. Zenon disoit que les Philosophes deuoient auoir des resolutions courtes, & s'il se pouuoit qu'il en faudroit abreger les syllabes : Nostre rheteur pour profiter de cest aduis, apres auoir peut estre cogneu ses fautes tafchant de les euiter, tombe en vn autre accident, & se tient tousiours embrouïllé dans les nuës, ou emboüé dans la terre. De l'excez il vient dans le deffaut & oublie souuent des particules qui seruent beaucoup à l'emphase & au sens de la periode, comme quand il fait dire à Seneque en sa consolation à Marcie, Qu'Octauia se laisse aller à tristesse, &c. Il ne deuoit point tellement affecter le Laconisme qu'il oubliast le genre; la phrase seroit bien plus complette s'il y auoit à la tristesse, c'est outrepasser la licence des Poëtes. Il met ailleurs & vaut mieux ressembler aux abeilles qu'aux bouquetieres, &c, Qui ne iugera par l'oreille qu'il manque quelque ton à la cadence des mots ? Il n'eust eu guere plus de peine de dire, & il vaut mieux, &c. On ne doit rien pardonner à ceux qui se proposent en exemple de perfection; puis que souuent vne lettre, vn point, vne virgule, peuuent changer tout le sens de l'Oraison.

Mais voyons si le Pere ne fait pas aussi bien des incongruitez que des barbarismes. Il finit ainsi son xi. lettre de la prem. part. D'où Ariste tu concluras qu'il ne peut rien pretendre à la gloire d'Orateur, ny d'Eloquent, quelque vanité que ses flatteurs, ou luy-mesme se vueille donner. Il n'y a si fin Iesuiste qui en peust faire les parties d'oraison. On luy pourroit demander fort à propos où est le verbe: car il y manque pour parfaire le sens de ce qu'il veut dire, en ce que flatteurs, qu'il met au plurier, ne peut receuoir veille au singulier, pour son verbe.

Outre qu'en ceste façon de parler on entendroit que ses flatteurs se donnent aussi de la vanité, qui n'est pas ce qu'il veut dire : Tellement que pour l'expliquer ie voudroy les tourner ainsi : D'où Ariste tu concluras qu'il ne peut rien pretendre à la gloire d'Orateur, ny d'Eloquent, quelques loüanges que ses flatteurs luy vueillent donner, ou que luy-mesme s'attribue. Dans le discours qu'il fait au Seigneur Polycrates, il ne se monstre pas moins ignorant, en parlant contre son intention, en cette sorte. Ayant donc des causes importantes qui m'obligeoient à ne laisser pas Narcisse triompher de sa vanité par mon silence, &c. Il pense dire qu'il n'a pas voulu laisser triompher la vanité de Narcisse, & neantmoins il nous fait entendre tout le contraire : car à bien prendre ses paroles, il a empesché Narcisse de quitter sa vanité, puis qu'il l'a empesché d'en triompher. On dit, vaincre ses courtoisies, & triompher du monde, pour dire qu'on n'est plus conuoiteux, ny mondain : c'est mieux parler en Nouice qu'en Pere. En vn autre lieu, il veut rendre Seneque aussi mauuais François que luy, en le faisant parler ainsi: Tous les traits de la fortune sont tirez contre nous, que si elle en assene d'autres, &c. On dit plus communément assener vn coup sur quelqu'vn, qu'assener quelqu'vn d'vn coup. Outre qu'atteindre, frapper, & autres semblables, eussent esté meilleurs qu'assener, qui n'est bon qu'en l'Amadis. Et vient à la lettre xli. de la 2. part. où il dit qu'on se doit former à l'imitation du stile des Anciens, & à la façon qu'ils ont escrit ou parlé. I'ayme mieux appeller cela vne mesgarde qu'vne ignorance ; car ce seroit tout-à-fait vne folie, si quelqu'vn disoit tout de bon que Tyrsis a vn valet qu'il sert, au lieu de dire, d'vn valet dont il se sert; vn habit que i'ay affaire, pour vn habit dont, ou duquel i'ay affaire, & on diroit qu'il n'y a que le Diable & Phyl. à faire merueilles en matiere d'amphibologies : mais il luy faut pardonner, & ne s'estonner pas s'il ne cognoist plus sa Grammaire, puis qu'il confesse en quelqu'vne de ses lettres, qu'il y a plus de trente ans qu'il ne l'a pas veuë.

On peut prendre garde que de tous les deffauts qu'il a recherchez en Balzac, il n'y en a point vn qui le mettre plus en colere que ses hyperboles, & ses extrauagances : il seroit bien marry si l'autre auoit quelque vice dont il ne se montrast capable, & s'il ne nous enseignoit à le fuyr par ses exemples, aussi bien que par ceux des Estrangers. Il dit en la lettre 28 de la premiere partie parlant à son Ariste, & ie suis bien asseuré si tu eschauffes mon esprit par ta curiosité, que ie trouueray plus de matiere qu'il ne m'en faut pour en faire vn second volume, plus gros encore que le premier, & si pour cela ie ne voudroy pas perdre vne minute du temps que ie dois aux affaires. Il faut qu'il n'ait guere d'affaire, ou qu'il soit grand menteur. Celuy qui comme il dit fait trente besognes à la fois, & qui dés vingt & quatre heures du iour naturel qu'il employe à ses grandes occupations & à ses necessitez, ne peut desrober vn moment pour soy-mesme, auroit bien peur de ne le perdre pas à faire deux gros volumes, apres auoir, ie m'asseure releu plus de dix fois les œuures de Balzac & son Apologie. Ce qui fait contre ce qu'il dit en sa 9. lettre de la 2 partie. Où il se plaint à son disciple, comme s'il l'importunoit de le tenir tousiours occupé sur les obseruations des fautes de Narcisse,

Voicy ces termes. Ariste, c'est grand cas que toute ma diligence ne sçauroit fournir à ta curiosité, il semble que tu ayes coniuré d'espuiser ma memoire, & de ne luy laisser rien qui ne soit commun auec tout le reste des hommes. Tu veux que ie descouure les mysteres des muses bottees, où vous remarqueres en passant aussi bien que quand il se louë en vn endroict & se mesprise en l'autre qu'il est autant suject aux contradictions & aux legeretez d'esprit que Narcisse qu'il maltraitte tout à faict sur ce reproche: vous iugerez encore si vn homme peut faire trente besognes ensemble, & si Cesar qui passe pour le plus grand esprit de son temps, n'estoit pas bien en peine d'escrire, dicter, & escouter tout à la fois. En voicy vn autre de la 29. lettre du premier tome Ariste ie ne t'escry poit des lettres estudiees, tu sçais quel est l'estat de ma santé & que depuis vn an ie languis plustost que ie ne vis; si ie ne suis au lict il me faut estre par la campagne, & ne se passe guere iour que ie n'escriue ou ne dicte la moitié autant de lettres que Narcisse en a fait imprimer des siennes. Voicy s'il n'obserue pas bien le vœu d'humilité, & s'il ne nous prend pas pour dupes de nous vouloir faire croire qu'vn homme languissant tousiours au lict ou à cheual ne passe guere iour sans escrire plus de cinquante lettres, qui est la moitié des œuures que Nacisse n'a peut estre pas ramassees en huict ou dix ans. Il adiouste ce que ie t'escry est en faisant autre chose, ou lors qu'il m'est deffendu de rien faire du tout, C'est comme s'il disoit ie ne t'escri-pas en t'escriuant, ou bien quand ie t'escri ie traduit le Talmud, ie commente Rabelais, ou j'acheue la Franciade, & quand il dit ou lors qu'il m'est deffendu

deffendu de rien faire du tout, il n'obserue pas bien sa regle puis qu'il escrit, ou bien il prend ses lettres que ie n'estime pas grand chose pour estre rien du tout : en vn autre lieu, il veut faire croire à son Ariste qu'il luy escrit dans les accés de sa fieure & les assauts de sa colique ; ie l'eusse creu s'il n'eut parlé que de la fieure : car il resue assez souuent pour nous le persuader, mais pour la Colique ie laisse iuger à ceux qui ont esprouué ce mal si Phyllarque est manteur ou non. Et marqueray en passant de peur d'estre trop long à traitter tout par chefs & par Chapitres que sa fieure lente, sa colique bilieuse & ses eaux de forge ne nous importunent gueres moins que la grauelle, & la scyatique de Balzac & ses lettres. Ie ne sçay si nous ne serions point au temps de S. Basile auquel il disoit qu'à cause des maladies qui venoient de l'intemperance & du luxe, ceux qui deuroient employer leurs iours à la Philosophie les perdoient à se penser & à prendre des medecines νοσοκομίας καὶ ἰατρείας τὸ κοινὸν ἡμῖν φιλοσόφημα ποιοῦμεν. Neantmoins en quelque piteux estat que se figure nostre homme tousiours au lict ou à la chambre ; ie trouue qu'il ne pense pas fort à sa conscience, puis qu'en sa belle humeur il nous veut faire des contes si bouffons, qu'il donne aduis à son disciple Ariste de prendre garde qu'il ne meure à force de rire. S'il eut eu à nous reciter tout ce que le Pasquin & le Marforio de Rome ont jamais publié de folastreries : ie croy que c'eust bien esté ce qu'il eut peu faire de nous aduertir de ce danger. N'est-il pas vray que Bruscambille n'auroit point de plus presente persuasion en ses prologues pour obliger nostre patience d'attendre vne bonne farce, que de nous aduertir de prendre garde à ne mourir pas de trop rire, Ie vous iure tout de bon que ie vey dernierement les affiches des Comediens où ils conseilloient aux lecteurs de ne les aller point ouïr s'ils n'auoient enuie de mourir de rire. Ie ne sçay pas comme il esmeut les autres, mais pour moy ie vous promets bien que ie ne croiray iamais qu'il y ait quelqu'vn si chatoüilleux qu'il meure de rire à si peu de subiect, s'il n'estoit aussi delicat de la rate que celuy qui mourut en riant de voir vn asne qui mangeoit des figues. Il est bien vray qu'il y a du plaisir de voir vn Moine faire le badin, & sortir du serieux pour se mettre aux Gouninades comme cestuy-cy. En voicy vne des plus gentilles qui s'offre en continuant ses hyperboles. Ie meure, dit-il, si elle ne seroit capable de faire rire Demosthene & Ciceron, iusques dans les enfers. C'est en la 2. lettre de la prem. part. Certes voila qui est tout-à-fait bouffon & ridicule. Fracasse n'en diroit pas dauantage, ny le Capitaine Spauento dans ses discours de farces. Ie voudroy bien qu'il me prouuast comment les damnez ont des intelligences dans le monde pour sçauoir ce qui s'y fait, & s'ils sont capables de passiõ pour en rire, estãs dans vn lieu de pleurs & de grincements de dents, comme il est appellé dans la S. Escriture : Mais peut-estre il parle à la façon des Poetes, & comprend les Elisees dans les Enfers, ou bien il veut consoler la crainte qu'il a de tenir compagnie à ces Payens par l'esperance d'y rire auec eux. Soit comme il voudra, c'est parler trop profanement pour vn Pere, qui contrefait le sainct. Et c'est outrepasser les impietez de Narcisse, contre lesquelles il presche tant.

Il ne faut pas oublier que la peur qu'il a qu'on pense qu'il n'ait dit cela qu'en riant, le fait iurer que telle est sa croyance. C'est la ruse d'vn parfait menteur de se persuader premierement ce qu'il veut faire croire aux autres, afin de l'affirmer auec plus d'apparence de verité. Il n'a pas voulu estre si modeste que Balzac, auquel il fait tant la guerre pour auoir dit : Ie croy tout de bon que vous auez passé le temps de mourir; Et cestuy-cy met, Ie meure si cela ne seroit capable de faire rire Demosthene & Ciceron iusques dans les Enfers. Ce iurement qui semble de legere importance, estant consideré de plus pres, se treuuera trop hardy pour vn homme de Conuent. C'est offenser Dieu de desirer la mort, tant qu'il veut que nous soyons en vie. Outre qu'on ne iure en ceste sorte que pour se rendre plus croyable en se condamnant à ceste punition si l'on ment. Si bien qu'il faut necessairement que ceste mort soit prise pour vne peine, si c'est vne peine, ce ne peut estre que la damnation : Et par consequent ce bon Pere ne iure pas moins que s'il iuroit de vouloir estre damné ; si Socrate & Ciceron ne rient dans les enfers. Mais puis qu'il n'entend pas tousiours ce qu'il dit, ie treuue bon qu'on l'excuse, aussi bien que quand il descrit des confusions plus horribles que n'estoient celles du Caos. C'est parler vn peu trop absolument d'vne fable, il n'y a personne qui ne iuge qu'il ne nous l'expose comme vne verité, & comme vne matiere d'où le monde a pris sa forme, ce qui impliqueroit heresie : & qui n'est ie m'asseure pas sa croyance, il eust bien peu dire des confusions plus horribles que les Poëtes n'en ont imaginé, ou n'en feignent du Caos. I'aime mieux l'accuser d'ignorance que de blaspheme, & luy pardonne ceste phrase encore qu'elle ne soit que Poëtique : Mais de peur que ie ne sois peut-estre scandaleux de rechercher vn Moine de ses impietez, & pour examiner plustost ses œuures que sa conscience, prenons ceste façon de parler d'vn autre biais, & la rapportons au lieu de ses lettres, où il discourt de la maniere que les Anciens ont appellee froide. Car voila qui est froid au dernier degré & au delà du Timee de Longinus & de tous les exemples que les Rheteurs apportent pour nous rendre ce vice detestable.

On s'en peut encore seruir contre luy, pour monstrer combien il s'acquitte mal des allusions & des metaphores: On diroit bien de quelqu'vn qu'il est aussi bon pilote que Palynurus, & aussi bon faiseur d'Almanachs que Tychobraé, puis que cettuy-cy treuue des confusions plus horribles que le Caos, & de chimeres plus estranges que celles de Bellerophon. Vous n'entendez pas toutes ses lettres que deriuer les fleuues de l'eloquence par des canaux dans l'esprit. Vous y trouuerez des pensees qui ne s'ouurent que par la clef de l'esprit; il nous estale les tapisseries du ton de la voix, & nous montre la sentine & la cloaque des vices. Il redira vingt fois vne demengeaison d'escrire, & adioustera en quelque lieu qui luy tenoit au bout des doigts, pour dire de quelqu'vn qu'il a vn desir d'escrire, & pour montrer qu'on n'escrit qu'auec les doigts. Il nous parle encore des rayons de l'esprit, des bluettes du sens commun, & du magazin de la prudence. Pour faire vn compliment en cette sorte de Rhetorique, il ne luy resteroit plus qu'à dire à vne Dame de celle qu'il offense. Madame, pardonnez moy; car si vous tirez le canon de vostre colere de l'Arcenal de vos rigueurs pour le faire ioüer dans la casemate de vostre bouche, il n'y a point de doute que ie seray fulminé si ie ne me cache dans les retranchemens du silence, ou que ie ne me prosterne iusques dans le centre de mon neant. Voyla qui est bien aussi fat, que d'appeler le feu le Soleil de la nuit, & les belles femmes la mal des yeux : Et quand il parle des Dieux de la pieté Chrestienne, & appelle deux grands personnages, deux oliues deux Chandeliers ardans, la perle des continens. Il ne dit point mieux que celuy qui appelleroit Xerxes le Iuppiter des Perses, & le Pape la teste de toute la Chrestienté. Voyla le cacosele d'Hermogene, où il tombe pour affecter vn stile trop empoulé.

Il y a vne autre sorte de metaphores qui prouient de pensees basses & tirees du peuple, comme quand il appelle vne lettre vn pot pourry, où toutes sortes d'ingrediens de cuisine peuuent entrer, quand il parle des Muses bottees, & que la prudence humaine prend ses hauds de chausses à vingt & cinq ans. Voyla qui est encore contre Hermogene & luy.

Il ne faut pas aussi que la metaphore soit tiree des choses vilaines ou sales, & ne peut souffrir qu'on appelle Glaucias l'excrement de la Cour, pource que cela nous laisse vne deshonneste pensee, & neantmoins il se priuilegie bien de nous dire que les sotises de Narcisse donnent enuie de vomir à ceux qui les lisent, & qu'on ne doit point prophaner les noms de quelques illustres personnes, non plus que grauer ou peindre les figures de la Croix sur la place où l'on crache, & ne craint point de nommer Vrgande la Deconnuë.

Il reprend en quelque lieu Balzac, qui souhaitte que son eloquence fust aussi masle parmy les Dames que celle d'vn Seigneur qu'il louë d'estre fort puissant en amour, & dit que cela nous laisse vne sale pensee en comprenant son intention. Certes il passe bien plus outre, lors qu'en sa lettre 20. de sa seconde partie, où il maltraite si fort les courtisans, il dit d'eux qu'ils ne sont iamais hommes qu'auec les femmes: Ie trouue que c'est mieux s'expliquer que l'autre, il nous fait assez entendre le reste; Et quand il adiouste ou auec des effeminés, cela nous instruit & nous fait penser au peché le plus abominable de tous, qui est la sodomie, dont il les accuse aussi bien que quand il dit au mesme lieu que tous amollis & eneruez qu'ils sont, ils font tout ce qu'ils peuuent pour n'estre pas ce que la nature les a fais. Si cela auec ce qui suit ne le met au nombre des Orateurs que les anciens ont appellez puants, il n'y en eut iamais: ailleurs il appelle Balzac le Toreau Bannier de son village, & dit qu'auec raison il compare à vne citrouïlle, ou à vn casque la teste d'vn de ses amis qui auoit perdu sa perruque par la verolle ou autrement. Ceste verolle est salle par tout, & principalement en la bouche d'vn Moine, sans prendre garde à l'iniure qu'il fait vn peu trop librement à cet amy de son ennemy en deschargeant d'autant sa bile. Et dans la 27. lettre du premier volume, il en parle ainsi. Il est bien esloigné du courage de ces meres qui trousserent leurs iupes & crierent à leurs enfans qui fuioient de la bataille, Rétrez là-dedans, & vous cachez dans les ventres d'où vous estes sortis, &c.

Outre la Cacosele ceste application est la plus

sorte qu'on puisse dire; Car voicy les paroles precedentes: Ce Fanfaron qui fait tant du bon seruiteur du Roy & du zele de la Religion, n'a point honte d'escrire, il me fascheroit fort de donner vn seul de mes amis pour tous les heretiques qui sont au monde, & ie ne voudrois pas à ce prix là la ruine du mauuais parti: sont ce là les paroles d'vn homme qui ayt tant soit peu de zele à la religion? Il est bien esloigné du courage de ces meres, &c. Ceste comparaison ne s'accorde en aucune de ses parties, & pour monstrer combien elle est esloignee de l'ordre, vous aduoüerez qu'elle ne peut guere bien subsister qu'en ceste sorte: Ceste femme n'a guere de zele à la Religion, qui cache ou retient son fils apres qu'il a fuy de l'armee que le Roy a contre les Huguenots: elle est bien esloignee du courage de ces meres qui trousserent leurs iuppes & crierent à leurs enfans qui fuyoient de la bataille: Rentrez là-dedans, & vous cachez dans les ventres dont vous estes sortis. Mais voyons ce qui suit immediatement ces paroles, & iugeons qu'il est aussi mal-fait derriere que deuant. Quelle poltronnerie, dit-il à vn homme, de ne vouloir pas acheter la ruine d'vn party si execrable comme il le fait, au prix de la vie d'vn de ses amis? il faudroit estre impertinent iusques au bout, d'appeller poltron vn homme qui ne voudroit pas qu'vn de ses amis mourust à la guerre: c'est comme qui m'accuseroit de coüardise pour dire que ie ne donneroy pas vne Maistresse pour la prise de la Rochelle, & quand quelqu'vn mesme refuseroit de mourir à ceste condition, il seroit accusable d'infidelité, ou de peu d'affection vers son Prince, plustost que de poltronnerie, estant naturel à vn chacun de conſeruer ſa vie, & qu'il n'y en a gueres qui meurent volontairement. Ce Cheualier n'euſt pas laiſſé d'auoir du courage ſans ſe precipiter dans l'abyſme qui s'ouurit de ſon temps à Rome. Et ce n'eſt pas vne conſequence, que tous les vertueux qui reſtent lors dans la ville, fuſſent poltrons pour cela, mais peut-eſtre bien moins affectionnez que luy à ſa patrie.

Ie m'eſtonne comment le Pere a failly en cet endroit, ſçachant bien que la poltronnerie eſt vn vice perſonnel attaché au cœur de Phyllarque, ou de qui que ce ſoit, & qu'on ne peut appeller aucun poltron qui ne deſire pas qu'vn autre meure. En ſuitte de ceſte extrauagante comparaiſon, conſiderez encore ie vous prie le commencement de la lettre quatrieſme du premier Tome, où il dit : Ariſte, comme il ne ſuffit pas de tuer des hommes pour eſtre vaillant, auſſi n'eſt-ce pas aſſez pour eſtre bon Orateur de parler en beau langage, ſi on ne l'employe à parler des choſes bonnes. Voila qui eſt appliqué auſſi à propos que ſi ie diſoy : De meſme qu'il ne ſuffit pas d'auoir la galle pour eſtre galleux, ainſi ce n'eſt pas aſſez de faire bien vne botte pour eſtre bon cordonnier, s'il ne la fait de bon maroquin, ou de bonne vache. Voila vne ſimilitude qui eſt toute au meſme genre que la ſienne, qui vous fera voir combien elle eſt eſloignee du bon ordre, & de celuy meſme qu'il veut qu'elle ait.

Veritablement ie n'y iamais veu ſi miſerable autheur qui ne s'acquitaſt mieux des applications & des comparaiſons que luy. En la ſeconde lettre de ſa premiere partie, il ſe mocque de Narciſſe qui dit que les malades ſe gueriſſent à la veuë de ſes lettres, comme ceux qui auoient eſté mordus des ſerpens ſe

gueriſſoient

guerissoient par la veuë de celuy qui leur estoit representé au desert. Il passe cela sans luy reprocher que c'est mal vser des choses Sainctes. Le Pere sçait bien que ce serpent d'airain pendu au desert estoit la figure de nostre Seigneur Iesus-Christ, qui nous deuoit guerir des morsures de l'ancien Serpent, qui est pris pour Satan dans la saincte Escriture : Et bien que ce ne fust que par brauade, c'est d'autant plus mal-vser de la diuinité de s'en seruir à faire des ironies & des hyperboles. S'il s'en fust souuenu ie m'asseure qu'il n'eust pas manqué d'y mettre encore cestuy-cy : Que ses lettres guerissent de leurs maladies ceux qui les touchent seulement. Comme la vefue fust guerie du flux de sang, pour auoir touché le vestement de nostre Seigneur. Ce seroit ainsi prendre le nom de Dieu en vain, qu'on doit tousiours faire tourner à sa gloire, à nostre salut, ou à l'edification de nos prochains. Mais il n'a garde d'accuser l'autre d'vn crime, que luy-mesme sent bien en sa conscience, apres auoir dit qu'on trouueroit plus des sotises dans les lettres de Narcisse ; que le nom de Iesus-Christ n'est repeté de fois dans les Epistres de sainct Paul. Ie m'estonne qu'il ne luy reproche encore qu'il ait plus baisé de fois Clorinde, que le nom de Dieu n'est repeté en toute la saincte Escriture. Platon estoit plus diuin en cela que luy, lors qu'il dit : Qu'en toutes sortes, c'est vne tres-belle ordonnance de n'vser point legerement du nom des Dieux, de peur de le profaner.

πάντως μετὰ δὴ καλὸν ἐστι τὸ δεῦμα, &c,

C'est de faict estre pour le moins profane & impertinent Mais i'ay desia dit que ie ne luy vouloy point faire de procés sur ses impietez, pour les remarquer toutes: C'est pourquoy ie passe outre à examiner ses comparaisons, qu'il tire, comme presque toutes ses œuures, de pensees si basses qu'il faut necessairement qu'elles soient tousiours froides, ainsi que le vin qu'on tire des caues d'Esté. I'en rapporteray quelques vnes que voicy : Vous trouuerez en sa huictiesme lettre de la premiere partie. C'est vne estoffe teinte de couleur brune, qui n'a ny gayeté ny éclat qui resiouysse la veuë ; comme font ces beaux Tabis à fleurs, où l'artifice conteste auec la nature, la beauté & la varieté de ses couleurs. Voila des fleurs qui me piquent, Et quand il dit que l'Art conteste auec la Nature, il pense estre bien paré ; mais ce n'est que d'vn vieux manteau dont on se sert il y a plus de trois mille ans. Ie passe que fleurs & couleur font vne tres-riche rime, ainsi qu'ils sont placez. Ailleurs il dit : C'est aduoüer les crimes qu'il a faits en dormant, ou faire voir que la folie qui estoit attachee au col de l'enfant dont les verges la pourroient chasser, est passee maintenant dans la ceruelle de l'homme, &c. Ie ne sçay s'il veut trouuer quelque artere au col où s'attache la folie, ou s'il sçait faire quelque caracthere lequel pendu au col rende les personnes folles, à sa mode on pourroit dire de quelqu'vn qui ne seroit pas fol tout à fait qu'il ne le seroit encore que par le col, mais à celle de la Greue il n'y a de fous par le col que ceux qui se fõt pendre. Apres il nous faict de belles comparaisons aux coupeurs de bourses, aux cabinets d'Alemagne, & aux tapis de Turquie ; comme si ceux de Flandres, de France, & d'ailleurs neussent pas esté bons à son vsage. En voicy vne autre de la lettre 16. de la seconde partie qui fournira de pouppees assez pour esbattre vne douzaine d'enfants. Il dit que ceux qui se seruent des inuentions des autres font en cela paroistre leur bon esprit lors qu'ils sçauent corriger, enrichir & orner dauantage cela mesme qu'ils ont pris des autres; & puis dit en fin s'ils peuuent faire comme les Damoiselles qui aiment les poupees, si elles les achettent toutes nuës elles les habillent à leur mode, si elles les treuuent habillees elles les parent & les ornent encore dauantage, ce ne sont plus des poupees renfermees dans la boutique d'vn quinquallier, mais de belles poupees bien braues, bien vestues, & dignes d'estre mises dans vn riche cabinet.

Il me semble que i'entend jouer ces filles à ie vous vends ma pouppee bien coiffee, bien fardee & bien tarifarigotee. Voila qui est tout à fait niais. Et s'il ne nous disoit qu'il est plus cassé de fatigue que d'aage. I'oserois iurer qu'il est retourné en enfance, ie passeroy mesme iusque là de le prendre pour beste s'il n'auoit tant de raison quand il dit que les pouppees qu'on achepte & qu'on met en vn cabinet apres les auoir parees de nouueau ne sont pas celles qui sont en vne quaisse à la boutique d'vn quinqualier. Ie crains bien de vous estre ennuieux en la longueur où me tirent les fautes de Phyllarque, & neantmoins ie me sens forcé de prendre tout au long ceste autre comparaison de la 17. lettre de sa seconde partie où vous verrez presque autant de fautes que de mots sans cercher d'où il l'a desrobee. Et vaut mieux (i'eusse dit & il vaut mieux) ressembler aux abeilles qu'aux bouquetieres, pource que celles-cy ne font rien qu'amasser des fleurs pour en faire des bouquets qui ſont beaux & de bonne odeur : mais qui paſſent en moins d'vn iour & qui ne raportent point de fruict. Là où les abeilles paſſent bien ſouuent par deſſus des parterres pleins de fleurs, de roſes, d'œillets, de marguerites, & de penſees, & ſe vont ietter ſur le tim dont l'odeur eſt forte, & s'y attachent pour en tirer le ſuc, dont elles compoſent leur miel pour ſeruir à leur vſage. Premierement là où n'eſt point ſi bon, que au lieu que, là, n'y eſt pas en ſa ſignification, & l'on n'en peut bien vſer que pour deſigner vne place comme Phyllarque a failly là : Phyllarque reſue là, ou pour marquer le genre comme la victoire, la renommee, ou pour vne interiection, dont on vſe plus en parlant qu'en eſcriuant, comme quand on dit là, pour hola, tout beau, ou encore comme on dira de quelque choſe, prenez-la, ou laiſſez-la, en tout cas il eut ſuffi de mettre ou, là où, eſtant vne duplication inutile pour marquer vn lieu, ſinon qu'on en vſat comme en ceſte ſorte.

C'eſt là où ſe fit ceſte bataille. Encore ſe pourroit on contenter de dire, c'eſt où ſe fit ceſte bataille. Mais c'eſt le quereler ſur trop peu de choſe. Voicy bien d'autres fautes, il met deux fois paſſent, trois fois leur, & deux fois dont qui ſe touchent preſques, pour monſtrer qu'il ſe ſert auſſi bien de la plautologie ou de la repetition, en meſmes mots, que Balzac, outre ſa demangeaiſon, ſon ie meure, & les iniures qu'il rend par tout trop libres pour vn Religieux & trop ſemblables pour vn Orateur.

Ie croy de plus que c'eſt improprement parler de dire vn parterre plein de fleurs, i'euſſe dit couuert, ou ſemé de fleurs, jamais il ne faut meſpriſer les termes qui ſont de l'eſſence, ou de la proprieté du ſubiet qu'on veut deſcrire. Outre que plein, ne ſe dit que des choſes qui ſont capables de contenir, comme vn vaiſſeau plein, vne maiſon pleine. Vous ne direz pas pour nous repreſenter vne grande armee nauale que la mer eſtoit pleine de nauires, mais bien couuerte ny la terre pleine de nege, & vne boette qui ſeroit garnie de diamans n'en ſeroit pas pleine pour cela. Il eſt vray qu'on dit vn veloux plain, mais il s'entend là pour vny & pour le diſtinguer d'vn autre qui ſeroit à fleurs, & lors il vient pluſtoſt du Latin *planus* que *plenus*. C'eſt pourquoy il ſe doit lors eſcrire plain, auec vn, a, & non pas auec e, comme quand on dit vn coffre plein; il ſe dit auſſi par metaphore vne phraſe pleine, pour monſtrer qu'il n'y manque rien: mais c'eſtoit aſſez d'auoir dit des parterres pleins de fleurs ſans y adiouſter encore les eſpeces des roſes, d'œillets, de marguerites & de penſees; C'eſt comme ſi vn Gaſcon diſoit appellés mes lacquais le Breton, le Bourguignon, le Norman, le Bearnois & le Baſque: Mais le Moine a eu raiſon ſi ſon deſſein eſtoit de prouuer par là qu'il y auoit des fleurs en ſes lettres. Il ſeroit bien marry s'il ne perſeueroit iuſques à la fin en ſes fautes, quand il dit que les abeilles ſe vont ietter ſur le tim dont l'odeur eſt forte &c. Il ſemble que ce dont l'odeur eſt forte ſoit là pour la diſtinguer d'vn autre qui ſoit plus doux, ou pour vn epithete qui ſeroit bien auſſi vicieux que de dire l'humide ſueur du corps, ou les loix Reines des cités qu'il reprent en Balzac. Il adiouſte qu'elles s'y attachent pour en tirer le ſuc dont elles compoſent leur miel dans leurs ruches. I'euſſe treuué meilleur de dire, le miel, que leur miel. On ſçait bien que le miel qu'elles font eſt à elles ou d'elles : on ne dit pas des barbotes que ce ſont des vers à faire leur ſoye, mais la ſoie ; non plus que les abeilles ſont des mouches à faire leur miel, mais le miel ; eſtant facile à iuger que la ſoie & le miel qu'elles font eſt de leur propre ou de leur ouurage. Il pourroit bien auſſi s'exempter de mettre encore vne fois (leur) quand il dit qu'elles compoſent leur miel dans leurs ruches ; Cela eſt inutile, & vn bon Orateur l'euſt ſupprimé : ſçachez bien que par tout où les abeilles font du miel c'eſt dans leurs ruches. Hircius n'auoit pas plus mauuaiſe grace de dire que cette mere auoit porté neuf mois cet enfant dans ſon ventre. Ce, pour ſeruir à leur vſage, qui finit la ſimilitude eſt ſi mal placé qu'on ne ſçait le prendre, & s'il faut l'expliquer ainſi, que les abeilles ſe vont ietter ſur le tim dont l'odeur eſt forte & s'y attachent pour en tirer le ſuc qui ſert à leur vſage à la compoſition du miel, ou s'il veut dire qu'elles s'y attachent pour en tirer le ſuc dont elles compoſent le miel qui ſert à leur vſage. La meilleure interpretation que i'y puiſſe donner, c'eſt que le Moine n'a pas l'eſprit fort net quand il parle ſi obſcurement : mais puis que nous en ſommes iuſques là, ie ſuis d'aduis de n'eſpargner point voſtre patience, & de demander voſtre attention pour le peu de temps qui me reſte à vous entretenir.

Phyllarque, qui diroit on n'apprit les vices des Orateurs que pour s'en ſeruir, s'y flatte auec tant de complaiſance, qu'il retourne encore à celuy-cy qui tient de la macrologie, ou de la ſuperfluité que pluſieurs paroles oyſeuſes apportent au diſcours. Pour dire donc deſchirer des œuures & creuer les yeux à leur autheur il dit, que les Dames deuroient faire de ſes eſcrits ce que les Menades firent du corps d'Orphee en les deſchirant en pieces, & de l'autheur ce qu'Hecube fit de Polymneſtor en luy creuant les yeux auec les pointes de leurs aiguilles: ſes Menades & ſon Hecube n'ont point meilleure grace en cet endroit que l'Ambroſie, le Moly; & la Panacee dans vne autre de ſes lettres; & quand il n'euſt pas voulu les oublier, il euſt bien pû ſe contenter de dire que les Dames deuroient faire de ſes eſcrits ce que les Menades firent du corps d'Orfée, ou d'Orfée ſimplement; & de l'autheur ce qu'Hecube fit de Polymneſtor, ſans adiouſter en les deſchirant en pieces, & en luy creuant les yeux, puis qu'on ſçait bien qu'Orfée fut deſchiré, & Polymneſtor aueuglé. Il dit auſſi mal à propos qu'on luy creue les yeux auec des pointes d'aiguilles, eſtant bien certain ſi c'eſtoit auec des aiguilles que c'eſtoit de la pointe. On pouroit dire par meſme raiſon de quelqu'vn, qu'il meriteroit d'eſtre tué auec les balles d'vn piſtolet.

Vous pouuez tirer de là vn teſmoignage de ſon peu de charité, de ſon hypocriſie, & de ſes contradictions, puis qu'il conſeille aux Dames de creuer les yeux à Balzac, qui eſt contre ce qu'il dit ailleurs, que s'il veut du mal à ſa perſonne, il veut que Dieu l'exerce ſur la ſienne; qu'il eſt preſt à le ſeruir, qu'il eſt ſeruiteur & amy de tout le monde, & des plus grands ennemis qu'il ait. En vn autre lieu il dit, Y a-t'il Huguenot qui ne lapide Narciſſe? Et ailleurs il le rend plus digne d'eſtre corrigé du foüet que de la plume. Si cela n'eſt de la paſſion, il faut aduoüer que c'est de la rage. Les loix punissent esgalement ceux qui conseillent le mal, qui le font, & qui y consentent; & distinguent fort peu souuent ses crimes, tant il est vray semblable qu'ils n'en font qu'vn. Encore Aristote dit en sa Rhetorique, *ad Theodecten*, que celuy par qui le mal est conseillé est pire que celuy par lequel il est fait. Et la raison qu'il en rend est, qu'il ne seroit point fait s'il n'estoit pas conseillé. Mais passe, il se contredit encore en quelque lieu en ordonnant, non pas que ses lettres soient deschirees, mais bien brulees par les mains des Dames, comme les liures heretiques des mains du bourreau. Voyla vne peine commuee bien legerement. Cela me fait croire qu'on n'ostera iamais le froc au Moine pour luy donner vn bonnet de President. La sterilité de son esprit y paroist aussi, s'estāt seruy de la mesme comparaison d'Orfée en la 10. lettre du 1. vol.

Ie m'ennuiroy moy mesme si ie vouloy rechercher tous les exemples de ce dernier vice, & ie ne croiroy pas estre quite à moins que de coppier toutes ses œuures : Mais ie ne le veux point laisser sans le rendre encore coulpable contre l'honneur & l'esprit des Dames; & ie m'asseure qu'elles luy sçauront fort mauuais gré de ce qu'il les veut rendre comme des Menades, si elles sçauoient que c'estoient des femmes yures & furieuses qui celebrent chez les Poetes les sacres de Bachus. En vn autre lieu il dit, que les Dames qui ont tant soit peu l'honneur en recommandation sont obligees de faire bruler les liures de Balzac, inferant necessairement par là que toutes celles qui ne les ont pas brulé n'ont point d'honneur d'honneur du tout; & c'est autant les offencer que s'il disoit, Mes Dames si vous ne faites brûler les liures de Balzac vous estes toutes de putains & des garces. Voila mal argumenter en Logicien & en Moine. En quelque part il les appelle femmelettes en mespris de leur esprit pour se moquer de ces escriuains de Cour qui, dit-il, mesprisent les Demosthenes & les Cicerons pour se faire admirer des femmelettes, & qui vont mandier l'approbation de leurs ouurages dans les antichambres des Reines & dans les ruelles de lits. De vray comme s'il ne se pouuoit pas rencontrer des esprits capables de cognoistre vn pere ignorant dans ces lieux sacrez, où l'eloquence prend les plus viues & les plus naturelles couleurs dont elle fait ces beaux portraits, de l'Honneur & de la Vertu que nous adorons en nos glorieuses Reines, qu'il interesse en son mespris.

Mais il passe bien plus outre: la sacree Majesté de nostre Roy n'est pas exempte de ces iniures, il veut luy oster le nom que toutes ses actions luy ont donné, & que tout le monde confirme: il tasche de le faire treuuer iniuste en la guerre qu'il fait auiourd'huy contre les Huguenots, & croit persuader que sa foy est obligee à la paix & à leur protection:

Apres cela on ne doit pas treuuer mauuais s'il maltraicte les courtisans qu'il iniurie par trahison sous le nom de Seneque en la xx lett. de la ij. part. en les appellant amolis & enervés dans le vice, dont la plus grande gloire consiste à cõbattre la pudicité des Dames, & à prostituer la leur; qui ont quitté l'vsage des honnestes exercices, & ne s'appliquent plus qu'à chanter de certains airs corrompus, & à dancer ie ne sçay quelles dances, qui tesmoignent la mollesse de leurs courages, & la delicatesse de leurs corps. Et puis il dit; C'est à qui aura les cheueux mieux frisez, & la moustache mieux retroussés: Toute la galanterie n'est plus qu'à contrefaire les femmes iusques au ton de leurs voix; & de contester auec elles la gloire d'estre mieux fardez, plus parez, plus musquez, & plus parfumez qu'elles, &c. Et apres cherchez moy des Orateurs parmy ces gens là, si bien frisez, polis, & testonnez, & qui ne sont iamais hommes, que lors qu'ils sont auec les femmes, ou auec des effeminez: Ie ne sçay point de quel si sainct Predicateur on pourroit souffrir patiemment ces reproches. Si Pere Souffran n'en auoit dit que là moitié dans la salle des gardes, il n'en seroit pas quitte à moins que de passer par les sarbatanes des pages.

Mais s'il monstre qu'il entend aussi bien à médire que Balzac, il n'est pas moins imprudent que luy aux loüanges qu'il donne: pour deux ou trois miserables lieux de toutes ses lettres où il s'offre de tirer vne ligue à l'honneur de quelqu'vn, il s'en acquitte si mal, que ie ne sçauroy croire qu'il n'ait pris à tasche de s'en mocquer. Il dit, pour montrer l'estat qu'il fait des Cardinaux & des Euesques, qu'il a maintenu leur droict & leur authorité: Il diroit aussi à propos, que pour montrer l'estat qu'il fait de Frere André, il l'a maintenu contre les iniures de Narcisse. Ie treuue que c'est loüer fort indiscrettement, d'estimer quelqu'vn par le bien-fait qu'il a receu de nous, & ie feroy de mauuais complimens à Tyrsis si ie luy disoy, que pour montrer l'estat que ie fay de son merite, il se souuienne que ie luy ay sauué la vie, ce seroit le faire dependre de mon espee, comme le Moine veut que les Euesques doiuent tous leurs aduantages à son esprit. En quelque lieu il reprend son Antagoniste d'auoir dit d'vn grand personnage, qu'auant d'en faire naistre vn pareil il est besoin que Dieu le promette long temps aux hommes; Il le poursuit si rigoureusement sur cette pensee, qu'il ne tient pas à luy qu'on n'instruise son procez comme d'vn criminel de leze Majesté diuine. Il veut sans apparence, que l'autheur entende par là que ce personnage estoit promis par les Prophetes comme nostre Seigneur & S. Iean Baptiste, où l'on peut preuuer par deux raisons sa passion ou son ignorance. La premiere, que Balzac ne dit point cela de ce grand personnage, mais d'vn autre que Dieu voudroit faire naistre pareil à luy: Car lors il eut parlé au preterit, mais il le dit d'vne sorte qui s'entend au futur, estant bien vray semblable que la naissance de celuy que Dieu voudroit faire naistre pareille à luy fust posterieure à la sienne. La seconde, qu'il ne dit pas que Dieu le promette, ou qu'il le promist infailliblement, mais il dit indefiniment, qu'il seroit besoin de le promettre. Il ne se contente pas de desaprouuer cette loüange en la rendant suspecte de flatterie & d'extrauagance, il tombe dans l'extremité contraire: & pour ne permettre pas que ce personnage soit trop loüé, il en fait vn Antechrist & vn monstre. C'est en la lettre 26 de la prem part. d'où ie suis contraint de rapporter les paroles, de peur que vous pensiez que ie luy impose, les voicy. Quant à ce qu'il dit, qu'il est besoin que Dieu le promette long temps aux hommes auant que de le faire naistre, ie demanderoy volontiers à Narcisse, s'il veut excepter Iesus-Christ & son precurseur, qui sont ces grands personnages que Dieu auoit promis aux hommes long temps auparauant leur naiſſance: Moyſe, Abraham, Dauid, S. Pierre, S. Paul, ont eſté les plus grands hommes du monde; ſi ne liſons nous point que Dieu les ait promis aux hommes long temps auparauant qu'ils fuſſent nais. Il eſt bien vray que les Prophetes ont preueu & predit parfois la naiſſance de quelques grands perſonnages, comme on pourroit dire de Cyrus & d'Alexandre: mais auſſi ont-ils preueu & predit beaucoup de ſiecles auparauant la naiſſance de pluſieurs monſtres, comme celle d'Antiochus, de Iudas, de Mahomet, & de l'Antechriſt meſme. Pour faire l'analyſie & la reſolution de ce paſſage ſuiuant la lettre, i'en tireray trois argumens à ſa façon; dont le premier eſt tel. Iamais Dieu n'a promis aux hommes auant les faire naiſtre que Ieſus-Chriſt & ſon precurſeur: Mais le perſonnage dont parle Narciſſe ne peut eſtre l'vn ny l'autre; Dieu donc ne l'a iamais promis. Voicy le ſecond, qu'il tire du plus grand au moindre. Moyſe, Abraham, Dauid, &c. ont eſté les plus grands hommes du monde, ſi ne liſons nous point que Dieu les ait promis: A plus forte raiſon n'a-t'il pas promis le perſonnage de Narciſſe. Suit le troiſieſme, qu'il conclud ainſi. Il eſt bien vray que les Prophetes ont preueu & predit parfois la naiſſance de quelques grands perſonnages, comme de Cyrus & d'Alexandre: Mais auſſi ont-ils preueu & predit beaucoup de ſiecles auparauant la naiſſance de pluſieurs monſtres, & de l'Antechriſt meſmes. Or eſt-il que le perſonnage de Narciſſe n'eſt, ny Cyrus, ny Alexandre, pour eſtre des perſonnages qu'ont eſté promis. Partant il s'enſuit que ſa naiſſance ne peut eſtre promiſe, que comme d'vn monſtre, ou de l'Antechriſt: Si ce n'eſt vn blaſpheme horrible contre la ſaincteté de ce grand homme, que ie n'oſe nommer en ſi mauuais lieu pour le reſpect que ie luy porte, ie ne ſçay comment on peut prendre les paroles de noſtre autheur, qui nous laiſſe quelque ſecrette marque dans ce diſcours, pour nous faire cognoiſtre qu'il parle ſelon ſon intention, & qu'il ne ſe trahit point ſoy-meſme. Iugez, s'il vous plaiſt, que ces mots vont froidement quand il dit: Il eſt bien vray que les Prophetes ont preueu & predit la naiſſance de quelques grands perſonnages, comme on pourroit dire, &c. En comparaiſon de ce qui ſuit, qu'il exagere beaucoup plus affirmatiuement quand il dit; Mais auſſi ont-ils preueu & predit beaucoup de ſiecles auparauant la naiſſance de pluſieurs monſtres, &c. Il n'y a ſi groſſier qui ne cognoiſſe que c'eſt vn coup fourré qu'il luy donne en traiſtre, & qu'il l'appelle Antechriſt pour vanger en paſſant le S. Pere, pource que peut-eſtre il s'eſt imaginé qu'il en approuuoit plus la preſſeance que la domination: Mais pourquoy maltraitter ainſi ce grand perſonnage, qui peut bien donner des regles à nos ames, puiſque tous les myſteres de la diuinité luy ſont ouuerts, & que la voix des peuples, qui benit en luy toutes les merueilles de Dieu, le iuge digne de la monarchie d'vn monde. Voyla comme ce Moine parle audacieuſement & profanement de celuy qu'en vn autre lieu il met au rang des Dieux de la pieté Chreſtienne; Où en ſuite de cet eloge il parle ainſi de Monſieur de Nantes & de Monſieur de Berulle: Quoy donc ces deux grãds hommes qui ſont aujourd'huy les fleaux des Athées, la perle des continens, les protecteurs de toute la

France, ces deux oliues, ces deux chandeliers ardans predits & figurez par les sainctes Escritures, qui de leur langue & de leur plume, comme auec des clefs, ouurent les portes du ciel, &c. Voyez apres cela, s'il n'a pas bien raison de reprocher à Balzac d'auoir dit, qu'il faudroit que Dieu promit aux hommes vn pareil personnage long temps auparauant le faire naistre, puis qu'il treuue ceux-cy dans l'Apocalypse & dans les liures des Prophetes. A dire vray, il faut necessairement qu'il soit bien menteur en l'vn ou en l'autre lieu. Et s'il faut nous en rapporter à celuy que nous venons d'examiner, l'vn de ces deux personnages sera Iesus-Christ, & l'autre S. Iean Baptiste, ou du moins ils seront plus grands que Moyse, Abraham, Dauid, S. Paul, S. Pierre, & les autres Saincts, dont iamais il n'a esté predit ny promis aucune chose. C'est en la lettre 18. du mesme tome.

Ailleurs il pense bien loüer les Dames quand il les appelle, belles Dames; d'vn epithete qui seroit mieux seant dans la bouche d'vn courtisan que d'vn homme de sa profession. Ce n'est pas les rendre fort glorieuses de ne leur donner que les qualitez que peuuent auoir toutes les garces. Qui seroit la mieux loüee à son aduis si Homere appelloit Helene belle, & qu'vn autre nommast Lucrece vertueuse? De ce lieu & de plusieurs autres ie tire vne coniecture qu'il n'est pas prest d'estre parfait Orateur, & qu'il n'a guere de iugement pour cognoistre ceux qu'il entretient, puis qu'il ne se cognoist pas luy mesme & qu'il ignore quand il parle que c'est vn Moine.

Sa mesdisance passe encores iusques aux anciens autheurs, Lucien entr'autres que ie me contenteray de mettre pour exemple reçoit de luy ceste censure au lieu où il traitte de la corruption de l'eloquence. Il dit de luy, qu'il eut seulement cet aduantage par-dessus les autres qu'il estoit fort sçauant & fort habile homme, qu'il cognoissoit bien ses fautes & celle de ses compagnons : Mais que s'estant contenté de se moquer de celles cy, il ne prit point de soing d'amander & corriger les siennes.

Ce passage en quelque point pourroit bien estre appliqué sur pere Phyllarque, comme nous continuerons de remarquer ; puis que quelques impertinences qui me desplaisent restent encores à corriger & m'empeschent de finir si tost que i'auoy pensé.

Ie croy qu'vn homme qui reprend eriger & operer dans Balzac, qui ne veut point que le François soit estranger en son pays, ny qu'il s'habille de pieces rapportees pour faire le gueus, principalement quand il a dequoy se parer, n'est pas excusable s'il dit exiger pour demander, s'ingere de iuger pour se hasarder ou se mesler de iuger, non plus qu'il est loisible, pour il est permis, & mille autres mots que nous pourrions reprocher à ces pretendus reformez si nous les iugions auec autant de seuerité qu'ils veulent qu'on les examine. Qui suiuroit leur maxime s'abstiendroit tout à fait des mots deriuez, & par leurs regles il n'y a science, art, ny discipline, dont on pust discourir en nostre langue, & les mots les plus vsitez consentir, idolastrer, inuoquer, &c. deuiendroient vicieus, & nous aurions besoin de retourner encore à l'Hebreu & d'en faire vne langue vniuerselle. Ce seroit ainsi nous mettre plustost dans les gesnes que dans la prison, & d'estimer vne broderie où il y auroit des perles & des diamãs, pour ce qu'ils viendroient des Indes. Il y a quelques honnestes bornes à toutes choses hors des extremitez. C'est pourquoy quand ie me seruiray de diction, vocable, phrase, elocution, & d'autres semblables mots où la necessité dispense, ie n'approuueray pas pour cela ceste façon d'escrire de Phyllarque en la lettre qu'il met à ses censeurs quand il dit de son ennemy, que la malignité l'a porté à l'atrocité de ces iniures où le barbarisme & la cacophonie tout ensemble seroient capables de faire prendre à vn habile homme le mal d'oreille. Voila comme il imite tousiours ce qu'il pense corriger.

Aussi bien que quand il faille contre le precepte de Quintilian, qui nous aduertit de prendre garde que la derniere syllable du mot qui precede ne soit pas la premiere de la parole qui suit, comme le *fortunatam natam* de Ciceron, & le iusques icy si considerable de Balzac : ie trouue qu'il faille comme eux quand il dit, & enerué, à Ariste de la viande qu'on appelle le veau, où cet appelle le, fait la faute. Et quand il dit ailleurs, que les determinations de la volonté diuine ne se peuuent vaincre par larmes, diuine ne, est encore la faute. Personne né dans la 9. de la 2. part. Monde de dans la 4. Insi si de la 29. marque que de la 2. Le rendent pour le moins aussi mauuais escriuain que l'autre : & dans la 28. lettre de la 1. part. il dit que iamais nous ne nous persuaderons que depuis vn si long temps que l'art & la nature ont produit & formé de si grands Orateurs l'eloquence se soit tenuë cachee, &c. l'eloquence se, n'y vaut pas mieux que le reste. Ces mots nous fourniront eecore vn passage pour remarquer

marquer qu'il siffle aussi bien que Balzac par la rencontre des, SS, & des CC, comme l'eloquence se soit &c. C'est vn vice qu'il ne luy faut pas pardonner puis qu'il le condamne dans les autres. Sans chercher plus loing d'autres exemples il dit en la mesme lettre; Les grands maistres qui ont formé les grands Orateurs de l'antiquité nous font bien cognoistre par leurs preceptes, qu'on ne paruient pas à ceste abondance, & à ceste fertilité de l'esprit absolument necessaire à l'Orateur que par des moyens bien differens de ceux qu'a tenus nostre Narcisse. Dans la lett. 29. de la 1. part. il dit, Ie demanderoy volontiers à Narcisse s'il veut excepter Iesus-Christ & son precurseur, qui sont ces grands personnages que Dieu ait promis aux hommes lõg temps auparauant leur naissance. Ie iure que ie ne croy pas que les sifflans dont le Preuost diuin des petites maisons nous veut tant faire peur puissent faire du bruit d'auantage. On y treuue de ces fautes par tout, & dans la mesme lettre où il en blasme Balzac il met, Que si l'on dit que Narcisse s'est apperçeu de ceste erreur. Voila qui ne vaut pas mieux que, où sont ceux qui se sont, &c.

Considerons si pareillement il ne peche pas à la suite des petits mots qu'il reproche à l'autre: En la lett. 28. il dit de Balzac, qu'il ne bouge du coin de son feu, & qu'il ne fust iamais venu en Cour si on ne luy eust fait, &c. En voila vingt & deux tous monosyllabes qui ne sont separez que de quelque dyssyllabe seulement: dans la mesme i'en conte encore seize tous de suitte auec vn dyssyllabe seul, en vn lieu d'où rien ne le peut chasser, & où il ne peut rien;

Pour les larcins, il les fait si visiblement qu'il n'est pas besoin qu'on l'en accuse, aussi ne s'en defend-il pas, outre qu'on ne luy doit point enuier, pource qu'il n'en fait pas grand fortune, & qu'il semble à ces voleurs ausquels le bien d'autruy ne profite iamais. Si pense-t'il neantmoins le bien employer & en animer fort son eloquence: Ie n'en remarqueray que quelque trait en passant, pour montrer seulement que le Moine n'est pas si sainct qu'on pense: & si vous desiriez peut-estre que ie citasse les paroles, la page & le fueillet des autheurs que i'allegue, certes ie confesse que vous me mettriez en peine: Car ie ne nie pas que ie ne sois d'vne tres-malheureuse memoire, n'ayant ie vous proteste pour suppleer à ce defaut vn tāt soit petit liure. Vous pouuez croire que ie ne suis point, ny tellement studieux, ny si grand Seigneur, que ie traisne vne bibliotheque par la campagne, où mes malheurs m'ont si long temps tenu descouuert à toute sorte d'orages, & où m'appelle encore le dessein d'vn long voyage entrepris. Pour ne pas mentir, i'aduouë qu'il y a si long temps que ie n'ay leu, que ie n'oseroy sans presomption me vanter de sçauoir quelque chose. Vn esprit depuis trente mois principalement rongé de chagrin, battu d'afflictions, deschiré de soins, est bien loin du naif & de la politesse qu'on cerche: il n'a de vertu que sa constance; & tout d'vn coup si ie me louë, c'est de n'auoir pas encore oublié mon nom, aussi bien que cet excellent Orateur dont Solin parle. Mais retournons aux larcins de Phyllarque, pour faire voir qu'il ne condamne pas vn vice en son ennemy dont il ne soit luy-mesme coupable, & qu'il n'y a partie de ses œuures où il n'ait du defaut: En la prem. lett. du prem. volu. il dit: Certes Ariste, le ventre qui esueille l'esprit en aiguisant l'appetit, & qui fait faire l'impossible, en montrant aux pies & aux geais à parler comme les hommes & le docteur qui apprend ces Perroquets de Cour, aux vns de faire de petites odes pour imiter le langage des dieux, &c. C'est mot à mot la version entiere de la preface de Perse. En quelque lieu il appelle sa partie le dernier de tous les hommes; c'est ce qu'il a pris de luy-mesme, & c'est vne des iniures dont il l'accuse d'auoir offensé frere André: Il en prend aussi ce qu'il dit, qu'il ne sçait parler que le langage que luy apprit sa mere. Et il fait iouër en sa 24. lett. de la prem. part. le personnage du Capitan de la Comedie de Balzac, que le mesme en son Apologie fait iouër à Pompee. Maillet s'est seruy auant luy en quelqu'vne de ses Odes de cette metaphore prise des Mariniers, qu'on ne peut pas faire long voyage sans bonne prouision de biscuit: quand il dit, qu'vn visage paroist plus beau par quelque petite tache, & que les Dames en mettent d'artificielles quand les naturelles manquent; c'est vne pensee de Martial en quelqu'vne de ses epigrammes,

Nec pulchra est facies cui gelasinus abest.

Dans sa preface à Polycrates il dit, que le langage est le plus beau present dont il a pleu à Dieu enrichir nostre nature; Cela est imité du banquet des langues d'Esope. Au mesme lieu il dit, qu'il est fort, pource qu'ils sont plusieurs, & que le frere qui est soustenu de son frere est vne citadelle imprenable. C'est la harangue de Sillure, en mourant, prise de Plutarque, où il exhorte ses enfans à la concorde, par la comparaison des fleches qu'il rompoit les vnes apres les autres, mais qu'en trousseau il ne pouuoit pas seulement faire plier : seruir iusques aux autels, est vn prouerbe d'Erasme ; aussi bien que cognistre le Lyon par l'ongle : Demengeaison d'escrire, est ce que Iuuenal appelle, *dicendi cacoetes*. Le rat que ces grosses montagnes ont enfanté, est vn vers d'Horace, qu'il met luy-mesme en vn autre lieu tout du long en Latin, de peur qu'on le iuge trop sterile d'auoir de mesmes pensées en diuers lieux, ce qui neantmoins luy arriue fort souuent. Quand il dit en quelque lieu, qu'il luy faudroit donner de l'argent pour le faire taire ; C'est ce que firent Alexandre & Cesar à de mauuais Poëtes qui les auoient loüez, & il a pris de Theophile, ou du moins imité ce qu'il met en sa 2. lett, de la 1. part. que c'est vne resuerie qui entretient leur esprit en vne douce erreur, dont ils seroient bien marris d'estre deliurez : c'est ce que disent ces deux vers de Thisbé.

Et quand ie le pourroy ie seroy bien marrie
Que d'vn si cher tourment mon ame fust guerie.

Ce qu'il dit en sa 20. lettre que l'impatience des peres iette dans les barreaux les estudes encores toutes creuës & indigestes de leurs enfans est pris de Petrone, *adhuc cruda & indigesta in forum propellunt studia.*

Quelque autre en pourroit faire vne plus exacte recherche, pour monstrer que les deux volumes de Phyllarque ne sont que de pieces rapportees. Car apres en auoir retiré des fueilles & des lettres toutes entieres de Balzac, qu'il rapporte quelquesfois semblables en plus de dix ou douze diuers lieux, & d'où il est bien aise de prendre dix lignes auant & autant apres vn mot qu'il corrige, afin de grossir son liure, vous ne treuuerez qu'vn ramas d'authoritez des anciens Rheteurs & Philosophes, dont il nous compose sa belle Rhetorique. On la nommeroit auec raison les fragmens de Quintilian, de Theophraste, d'Hermogene, de Demetrius, de Phalerus, de Longinus, de Platon, de Lucian, de Pline, & de Pasquier. Ostez luy ses longues comparaisons, & ses applications sotes & pedantes qu'il a choisies pour nous monstrer qu'il a des lieux communs, c'est à dire vulgaires, dont il n'y a troisiesme qui n'vsast aussi bien que luy pour le moins, il vous fera pitié d'estre tout nud, & ne dira mot, s'il ne vous fait tout du long le conte du singe d'Elian, s'il ne vous enseigne qu'Icare auoit des aisles de cire, que Lamie portoit ses yeux dans vn estuy, que la Verité estoit dans le puits de Democrite, que l'escarbot embrena Iuppiter, & qu'Vlisse deffit les Sirenes. Il a encore plusieurs passages ou sentences des autheurs qu'il ne cite que pour venir à bout de deux iustes volumes: C'est dequoy ie le peux bien reprendre, puis qu'il n'espargne pas Balzac iusques au caractere de l'impression de son liure. Ie m'estonne qu'il ne luy reprochoit plustost qu'il n'a grossi son Apologie que du recueil de toutes ses lettres; peut estre seroit-ce pour les védre plus cher à l'Imprimeur, & pour s'accommoder à l'ignorance de la pluspart des Libraires, qui pesent les liures plustost à la main qu'au iugement, qui croiront pour ce que Cuias est en estime, qu'il faut que tous les liures pour estre bons approchent de la grosseur du sien, & qui dans ceste erreur estimeront plus que Lucain ou Perse quelque mauuais Poëte qui auroit fait vn volume de cinquante mille vers. Pour moy ie suis fortaise quand ie peux dire en quatre lignes ce qu'vn autre diroit en huict; i'espargne autant mon papier que s'il estoit de fueilles d'or, & ie iure en m'accusant plustost de paresse qu'en me donnant de la vanité, que i'eusse peut-estre peu tripler les fueilles de ce liure sans dire gueres plus que ce qu'il contient: & encore i'eusse essayé de m'empescher de mettre ces gros mots de Menades, d'Orfée, d'Hecube, du Caos, des Topinembouts, d'Oedipe, de la Chimere, de Bellerophon, & d'autres, lesquels si vous ostez des œuures de Phyllarque auec ce que nous auons desia dit, ie m'asseure que vous n'y treuuerez guere rien à luy que le titre de son liure & celuy de sa lettre au Lecteur.

Encore treuue-ie à propos là dessus, qu'il n'y a pas iusques à ce titre de lettres qu'on ne peust censurer, puis qu'il veut que ce soit vn deffaut du iugement de Balzac d'auoir choisi vn si bas subiet pour escrire, ou de son esprit, pource qu'il n'eust peu reüssir à vn plus haut dessein: En quoy il peche d'autant plus luy-mesme qu'il auoit pris vne matiere releuee, & qu'il traictoit en general de la Rhetorique & de l'eloquence; au lieu que l'autre se retient dans les complimens & dans les termes des lettres. Il ne laisse pas pourtant de le poursuiure là dessus, & d'appeller vne lettre vn pot pourry où toutes sortes d'ingrediens de cuisine peuuent entrer: il y treuue trop de facilité, pource qu'on commence par où l'õ veut, on continuë tout de mesme; & quand on est au bout de son rollet, c'est assez de conclurre par vn vostre tres-humble, & dit que c'est vn suiet que tous les maistres ont mesprisé ou detesté. Par ce chemin-là le Moine qui pense estre Pere Fueillan, se trouueroit encore Nouice parmy les freres ignorans, & sa vanité renonceroit au Patriarchat de l'eloquence, puis qu'il se mesle d'escrire des lettres. En conscience, n'est-ce pas manquer de iugement au delà de l'ordinaire, de reprendre en vn homme tant de vices, & de ne s'en exempter pas d'vn seul: Ie luy eusse pardonné tous ceux qu'il a plus que l'autre, & les eusse imputez à vne mesgarde ou à sa nonchalance: mais qu'vn Religieux se mette en parade auec tant d'esclat pour censurer vn liure, & qu'en ses mesmes obseruations il en ait tous les defauts, veritablement c'est vne imprudence bien signalee, qui rend ses fautes d'autant plus grosses qu'elle les rend doubles. Et puis apres cela, c'est nostre prudent Vlysse qui nous est venu sauuer des charmes de la Sirene. Pour moy, ie veux croire qu'il a ioüé cette farce masqué & que quelque desguisemēt la fait prēdre pour vn autre: Car ie ne peux pas pēser qu'vn reformateur ne doiue estre reformé, luy principalement qui auoit l'aduantage de ne respondre que quand bon luy sembleroit, & auquel on n'eust point reproché d'ignorance pour se taire, ny de longueur pour le temps qu'il eut mis à s'exprimer; il a eu tout le loisir d'escrire, de reuoir, & de corriger ses œuures. C'est vne peine qu'il vaut bien mieux prendre soy-mesme que de la remettre à vn autre, car ie m'asseure qu'il se fust bien passé de moy.

Il n'y a pas iusques à la lettre qu'il met du Libraire au Lecteurs (craignant que le mot d'Imprimeur fust trop commun) qui ne passast mesme si l'on vouloit par la censure; Car puis qu'il est question de parler le plus François qu'on peut, ie treuue mauuais qu'on dise Libraire plustost que Liuraire, puis que nous disons liures, & qu'vn Marchand de liures doit estre appellé Liuraire, si on ne parle à la mode des Gascons en mettant le B, pour l'V.

Ie ne sçay de quoy l'accuser, si ce n'est d'vne ignorance volontaire en vn passage de son Apologie de Socrates, où il luy fait dire : Ie m'asseure que quand ce seroit le grand Seigneur, & non pas vne personne de basse condition, qu'il prefereroit vne nuict semblable à celle-là à toutes les nuicts & à tous les autres iours de sa vie, &c. Ie voudroy bien luy demander si ce grand Seigneur n'est pas le Turc, & si c'est luy, comment Socrate en pouuoit parler si ce n'estoit par prophetie, puis qu'il n'y peut pas auoir huict cens ans que les Ottomans ont commencé leur tyrannie, & qu'il y en a plus de treize cens du siecle de Socrates au leur, à conter depuis l'annee quatriesme, où il est nay dans la soixante & dix-septiesme olympiade. De plus, il pouuoit bië mieux ranger ces termes quand il dit, qu'il prefereroit vne nuict semblable à celle-là à toutes les nuicts, & à tous les autres iours de sa vie. Cette redite de diuers, à, est de mauuaise grace en ce desordre que i'euiterois ainsi. Il prefereroit vne pareille nuict à toutes les autres nuicts, & à tous les iours de sa vie. Et quand il faudroit vser de ses mesmes mots, ie les eusse mis de la sorte : Il prefereroit à toutes les autres nuicts & à tous les iours de sa vie vne nuict semblable à celle-là. Il dit ainsi tout sans ordre & sans iugement ; & certes ie ne sçay quel aueugle amour on luy porte, si on luy donne sujet de se vanter que ses lettres ont receu l'approbation presque generale de tout le monde, & moy ie ne croy pas qu'il y ait personne, s'il n'est bigot, charitable, ou ignorant, qui

qui en puisse dire du bien en la meilleure de ses parties. Ie ne peux m'imaginer que ce liure ait esté bien venu que de quelques beurriers pour poiser leur marchandise, ou de quelque semblable deesse à cette Sotyra d'Athenes, dont parle Pausanias, qui receuoit toutes sortes d'offrandes & de presens.

Apres auoir discouru de quelques vns de ses vices en particulier, nous pouuons tirer ce iugement general de son œuure, qu'il y faille presque par tout contre le sujet & la forme de l'oraison, que son trauail ne luy succede point, ny aux pensees, ny à l'artifice, ny aux termes; que toutes les pierres qu'il iette contre son ennemy luy sont en achopement, & qu'il tombe comme luy dans les impossibilitez, les repugnances, les hyperbolles, les salletes, les impietez, les sottes comparaisons, basses pensees, &c. Et s'il faut approuuer quelque chose, vous ne treuuerez point en toutes ses lettres aucune qui ait plus de nez que la 32. de sa 1. part. à laquelle ie vous renuoye.

Ie croy bien que vous n'auez pas esté si mesnager que moy, & que de peur d'approuuer le prix que Phyllarque a chez les Liuraires, vous n'aurez point espargné quatre liures comme moy, qui n'ay eu loisir de le voir qu'en courant, par la faueur d'vn de mes amis, qui croit m'auoir fort obligé de me le prester pour deux iours sans caution & sans gage, & ie vous iure ma conscience, que ie ne l'ay point tout leu, ne m'y estant occupé que pour vostre curiosité, plustost que pour la mienne, afin de vous rendre conte de ce qui se passe en ces quartiers; sçachant de plus que vous prenez plaisir d'examiner les esprits, & que vous entendez à faire iugement des hommes.

Ie proteste que mettant la plume à la main, ie n'auois eu desir que de vous faire vne simple lettre: Mais l'abondance des fautes de Phyllarque a suppleé à ma sterilité, & comme ceux qui courent vne vallee, m'a donné plus de peine à me retenir qu'à continuer ma course. Ie croy tout de bon, que si ie voulois estre censeur exact de ses œuures, il n'y auroit pas vn mot que ie ne réuersasse, & que ie pourroy faire le dictionaire des fautes dont il parle aussi gros que le Calpin: Mais de peur de me troubler l'esprit de sa folie, i'en laisse l'entreprise à quelqu'vn qui sera plus piqué que moy, & me contente d'ouurir la carriere où vn autre pourra gagner le prix. Il n'y a rien de plus aisé qu'à le vaincre par luy-mesme, ses raisons destruisent ses maximes, contre lesquelles vn simple sens commun vaut toute la Philosophie.

Quand il nous donne les moyens pour arriuer à la vraye eloquẽce, en verité ne vous fait il pas souuenir de ces Hermés qu'on mettoit anciennement aux carrefours qui monstroient bien les chemins, mais ils n'y alloient iamais? Non toutesfois il est plus charitable, il nous conduit luy mesme auec tant de fidelité, que pour nous monstrer les fosses & les precipices qu'il faut esuiter; il se iette dedans pour nous faire cognoistre le danger, & chercher vne autre route. Ce que i'ayme mieux faire que de le suiure en me le proposant comme vn exemple plustost à fuir qu'à imiter. Si ie vouloy composer vne Rhetorique ie vous asseure que ie ne prendroy point les vices d'vn Orateur que de ses liures, & si i'eusse escrit auec tant de loisir & de passion que luy, ie vous les eusse descrits en vn plus gros volume tous par ordre, selon les regles de la grammaire & les sionnes : Mais puisque vous auez le iugement tres-bon, & que peut-estre ie ne preuiens pas la cognoissance que vous en auez desia, ie ne prens pas plus de peine à vous le faire voir que vous en auriez pour iuger sur les simples lignes du plan d'vne ville ou d'vne forteresse de quel costé on la peut prendre. Vous auriez plus d'auantages que moy pour en venir à bout s'il estoit digne de vostre employ. Mais vous ne voudriez pas diuertir vos yeux de la perfection que vous admirez en Olinte pour les attacher sur Phyll. & profaner vos regards sur le plus imparfait obiet du monde. Aussi ne faut-il pas employer les armes d'Hercule contre vn Nain, de qui la desfaite ne despend que de la plume & de la iournee d'vn escolier. Toutesfois si les iours sont pour vous quelques heures perduës, & si vostre esprit est capable d'vne petite desbauche, ie vous coniure de le voir, & de conferer mes obseruations auec luy. Vous n'estes pas de ceux ausquels on deffend de lire la saincte Escriture de peur qu'ils en prennent mal le sens. Vous estes d'vn temperament si pur, & d'vne constitution si forte que vous ne craindriez pas de vous infecter dans S. Louys. Vous reformeriez plustost les vices qu'ils ne vous sçauroient corrompre. Ie croy bien que vous ne serez iamais de la caballe du Feüillan, & que vous le prendrez d'vn autre biais que ses adorateurs qui se deschirent les mains quād ils l'applaudissent. Vous y verrez distinctement les fautes que ie mets icy confusement. Vous verrez comme vn boiteux se mocque d'vn scyatique : & comme contre la charité Monachale Phyllar. qui porte vne maille en son œil rit du festu qui est tombé dans celuy de son frere. Apres l'auoir cogneu, vous iugerez sans doute, qu'il n'aura iamais de couronne que celle de sa tonsure, & que s'il ne fait de meilleures œuures il ne sera iamais beatifié.

I'en eusse dit d'auantage si i'eusse creu que ce liuret n'eust esté veu que de vous, ie ne dis pas, & de vos amis, puis qu'ainsi vous le rendriez public & l'exposeriez à tout le monde : Mais ie ne veux point me faire rendre ennemy d'vn party que celuy des Religieux, ie craindroy que mon Antimoine me feroit du poison; car ils ne treuuent des moyens illegitimes pour se desfaire d'vn ennemy, & leur guerre est d'autant plus à craindre qu'elle n'est que de machines & de ruses. Ils ont par tout citadelle & iurisdiction, & leurs intelligences ont cent fois plus de ressorts que toutes les Banques ensemble. C'est sur cet aduantage que quelques-vns d'eux, qui veulent plustost mal au monde pour luy nuire que pour le mespriser, ne peuuent auiourd'huy souffrir l'estime d'vn esprit s'il n'est sujet à leur Ordre : comme ces mauuaises herbes, ils ne voient point naistre vne bonne semence qu'ils ne s'esleuent aussi tost contre elle pour l'estouffer. Certes cela regarde leur Regle, & les Superieurs ne leurs deuroient permettre d'autre vsage, ny d'autre exercice que des liures de Theologie : Il y a tant d'heresies à refuter, de difficultez à resoudre, de mysteres à esclaircir : toute la vie de l'homme ne suffit pas à les perfectionner en leur profession, qu'ont-ils affaire de nos escrits s'ils ne sont heretiques ? Ces mignardises de la Cour sont-elles de leur employ, & peuuent-ils nous en faire des leçons que pour montrer qu'ils sçauent trop ? Qu'ont-ils besoin de ceste sagesse humaine, qui n'eſt que folie deuant Dieu? Penſent-ils que c'eſt aſſez de retirer le cops du monde, s'ils n'en retirent pluſtoſt les ames & les penſees? Veritablement il eſtoit bien important au ſalut des peuples de ſçauoir que Phyllarque a fait des inſtitutions de bien dire! Mais il nous reſpondra, qu'il n'en veut qu'aux mœurs, & que c'eſt vne dependance de ſa charge d'inſtruire: Ie treuue que s'en eſt auſſi vne d'eſtudier: S'il payoit bien ſes deuoirs à l'Egliſe & à l'eſtude, il ne luy reſteroit point dequoy fournir des penſees à ſa vanité. Mais voyons encore comment il inſtruit & corrige ceux deſquels il montre les fautes. C'eſt en les ſifflant eux-meſmes par riſee deuant ſes proſelites, il ne leur parle que de menaces, d'iniures, & de maledictions.

Pour les menaces qui me font preſque trembler en vous eſcriuant, de peur d'eſtre joint à la peine de Balzac, on diroit que c'eſt le pere Iuppiter pluſtoſt que le pere Goulu qui parle, quand il le menace de la foudre, des eſclairs, & du tourbillon. Ce grand courage ſe vante qu'ils ſont touſiours plusieurs contre vn, & accuſe l'autre d'eſtre comme deſeſperé, ayant bien oſé l'entreprendre; lors-qu'il dit, que iamais vn homme de bon ſens ne s'attaqua à des perſonnes qui n'ont rien à perdre, & qui l'emportent touſiours par deſſus les particuliers. Ailleurs il l'aduertit fidellement, que s'il eſt ſage il doit prendre garde que quelqu'vn de ces hommes qui ne tiennent gueres à terre, ne vienne d'enhaut fondre ſur luy comme l'Aigle ſur vn leuraut. MONSEIGNEVR, ie vous prie ſur tout, que ce petit liure ne voie point la lumiere, de peur qu'il me la fit perdre, & qu'on me priſt pour vn lieure auſſi biẽ que les autres. C'eſt vn animal qui craint plustost les mastins que les Aigles en ce païs, & auquel on dõne ordinairement sur les oreilles, Pour moy, ie vous asseure que là-dessus ie ne voudroy pas respõdre de l'ame de Balzac, s'il ne communie souuent pour n'estre preuenu de mort subite. Il y auroit là dequoy fonder vne requeste pour estre mis en protection de Iustice, ou pour estre logé dans les renfermez : Car ie le treuue tres-mal au pré-aux Clercs, puis que c'est le lieu où se vuident les querelles. Mais en passant ie vous prie considerez encore ces termes : Pour dire qu'il se donne garde d'vn Moine il dit, qu'il doit prendre garde que quelqu'vn de ces hommes qui ne tiennent gueres à terre ne vienne d'enhaut fondre sur luy, comme l'Aigle sur vn Leuraut. Ie renuoye cela aux mesmes fautes que nous auons desia veuës, & ne vous feray remarquer sinon que le pere n'en diroit pas d'auantage à quelqu'vn auquel il voudroit faire peur du Diable. Pour les iniures elles sont par tout ; & pour les maledictions il ne le condamne pas à moins que d'estre foüeté, aueuglé, brûlé deschiré, lapidé, berné, à porter vn chapperon mi-party de verd & de iaune, &c. N'est-ce pas là corriger son homme de bonne sorte, ou plustost le chastier, & faire ce que diroient les Latins, *potius euertere quam conuertere* ? Est-ce ainsi qu'on rend la vertu persuadee ? Sont-ce là les belles chaisnes d'eloquence dont il ramene les pecheurs au bon chemin ? Au contraire, n'est-ce pas de là que se font les reuoltes contre le ciel, & contre la foy ? Des esprits prompts que la moindre pique desespere regimbent contre des aiguillons si sensibles, & s'abandonnent à leur legereté : on rengrege en desbauches quelques petites licences quand elles sont reprimees trop seuerement. La liberté qui nous est aussi naturelle que la vie, est tellement ennemie des contraintes, qu'il est besoin quelquesfois qu'vn peu d'indulgence nous flatte iusques dans le vice; comme en nous seruant d'vn appas pour nous en tirer : la raison en est, qu'il est impossible de gouster le discours de quelqu'vn qui nous offence; aussi estoit-ce tousiours le premier but que se proposoient les anciens Orateurs de s'insinuer dans les bonnes graces de ceux qu'ils vouloient tirer à leurs intentions. Il n'y a point medecine si aigre ny si amere pour vn malade, tant soit-il abandonné qui ne retienne quelque douceur encore. Vne reprimande modeste pour les meurs, vne correction honneste pour les paroles eust donné de la gloire à Phyllarque, du profit à Balsac, & de l'emulation à tout le monde. C'est ainsi qu'on desrobe les cœurs, & qu'on a l'inuention de transformer les hommes : car autrement prendre quelqu'vn à la gorge est le contraindre à se deffendre. Vn Moine qui se fait hayr par quelqu'vn l'oblige à les detester tous, pour ce qu'estans vnis il semble qu'ils joüent tous vne partie liee contre luy. De la haine de leurs personnes vient la haine de leur profession, puis celle de leur profession s'estend sur tous les Ordres; & de là on se rend heretique contre la Religion, & athee contre Dieu mesme. Voyla ce qu'à gaigné Phyllarque dans ses belles lettres, qu'il ne mettra iamais liure en lumiere tant soit-il sçauant, tant soit-il parfait qu'on ne renuerse plustost toutes les regles de la Theologie & de la Rhetorique qu'on n'y treuue à mesdire, & que tous les escriuains seculiers ne l'entreprennent. Il n'y a rien si accomply de toutes les sciences, qu'on ne treuue tousiours assez de quoy luy donner beaucoup de credit & de rabais: Peine (ie croy) qui sera tousiours facile à prendre sur ses œuures. De là on peut iuger que le Pere n'auroit pas esté bon du temps des Apostres auec le pouuoir de lier & de deslier comme eux ; ie croy qu'il en auroit bien fulminé pour montrer sa puissance , & qu'il n'auroit point eu cest esprit de douceur de Sainct Paul , dont ie ne rapporte point les passages, non plus que du reste de l'Escriture , ny des Peres, pour preuuer auec quelle moderation les grands personnages ont corrigé les vices dans les siecles les plus corrompus ; il nous feroit tout aussi-tost vne distinction du temps , de la personne & de la grace: mais quoy qu'il dise, il est tousiours vray que les remedes extremes irritent la douleur, si les adoucissements ne l'endorment. L'Eglise, qui est la mere de tous, ne nous doibt chastier qu'en enfans; outre que les Religieux paroissans debonnaires , modestes, courtois, nous gaignent par humilité, & se font suiure de nos consentemens où tous les cordons de Sainct François ne nous auroient pas tirez. Il faut que toute l'enuie cõfesse qu'il y en a de tres-habiles, & de tres-sages, & à ceux là ie sçay le respect que ie leur doibs : mais tous ceux qui sont appellez ne sont pas esleus : les graces mesmes estoient differentes entre les Apostres. C'est pourquoy ie n'entends point tirer à consequence , ny contre l'ordre particulier e Phyllarque , ny contre tous les autres, qu'il n'y en ait beaucoup dans les Cloistres qui recognoissent en luy les fautes que ie luy reproche , & qui fussent sans comparaison plus capables d'escrire que luy,

luy, pour lequel ie declare n'auoir pas plus de passion, que pour vn homme, que ie ne cognoy point, & qui ne m'a iamais desobligé : Mais ayant treuué occasion de me diuertir pour quelque peu de temps d'vn reste d'inquietudes en plaisanteries, ie l'ay prise aussi indifferemment sur ceux-cy que s'il eust arriué sur quelque autre: croyant d'ailleurs auoir part au temps comme quelqu'vn des hommes pour en dire mon aduis selon les occurrences. Que si ie n'y suis pas tant meslé qu'eux, i'ay d'autant plus de liberté pour rire de ceux qui s'y embroüillent. Ie n'ay suiuy que les chemins qu'ils m'ont ouuerts, & ie seroy bien marry si i'auoy commencé la dispute; mais me treuuant importuné de leur bruit, ie n'ay peu me taire, ny refuser le suffrage que plusieurs habiles gens m'ont demandé pour les iuger.

Pour moy ie voudroy les appointer à escrire iusques à ce qu'ils laissassent les yeux & les mains sur le papier : d'autres plus rigoureux estendent ceste peine iusques à ce qu'on les peust faire brûler dans leurs œuures. Neantmoins peut estre que quelque autre ne leur sera pas si rude, & qu'on leur donnera vne recompense au lieu d'vne punition : si bien qu'ō croit desia que pour les accorder en les separant, le Roy doibt donner le Bazacle de Tolose à Balsac pour en faire son Lycee, ou ses Portiques, & la chaire de Bourges à pere Goulu, pourueu toutesfois qu'il ne leur soit permis de faire d'autre secte que des Pythagoriens, à ceste condition encore, que ceux-cy obserueront vn eternel silence, au lieu que les autres ne le gardoient que cinq ans; aussi bien les loix des Gymnosophites interdisoient l'vsage de la langue à celuy qui auoit vne fois mal parlé.

Si cela estoit, & qu'ils fussent suiuis de leurs imitateurs, ie pense bien que Paris seroit purgé de la contagion en sa plus grande partie. De plus, les viures y seroient à meilleur marché : car l'on dit qu'il y a vne sorte de gens qui sont tousiours malades d'vne fiebure continuë de parler & d'escrire, qu'on ne peut rassasier. Le Roy en sa personne y auroit du soulagement : car ie croy bien qu'on dira desormais, nonobstant le repos de sa conscience, que les esprits le tourmentent eternellement, dont pour se desfaire il faudra dresser vn nouueau party où l'on assigne leurs pensions, encor faudroit-il qu'il ne fust guere moindre que les tailles & la gabelle, s'ils estoient tous aussi bien rentez que Balzac qui n'a rien plus qu'vn autre que ces extrauagances & quatre mille liures de gages pour faire des lettres, & c'est dequoy son esprit vaut plus que le commun, quoy qu'on en vueille dire : Ie ne sçay toutesfois si i'en dois croire à ses flateurs qui veulent peut-estre encherir par là son estime : Mais s'il est ainsi, ie m'estône bien comment il peut estre le mieux renté, & toutesfois le plus pauure Secretaire de France. Ils sont bien marris qu'il ne se soit acquis le nom de Liberal aussi bien que de Iuste ; & s'il les vouloit croire, il n'auroit plus d'officiers que de Poëtes & d'Orateurs.

De moy, ie seray tousiours assez riche auec vos bonnes graces : tant que i'auray l'honneur d'en iouyr ie ne seray pas moins glorieux, que si i'estoy maistre du thresor de Venise, ou que toute la foire de sainct Germain fust mienne, laquelle peut estre seul ie voy sans conuoitise. Mes desirs desreglez ne sont point, graces à Dieu, ny mes ennuis, ny mon impatience,

& peut estre ne me suis-ie contenté que de trop peu. Ie me tiens en tout assez moderé horsmis en l'ambition d'auoir les moyens de vous faire cognoistre combien ie vous honore, & de me reuencher de vos faueurs, en me tesmoignant toute ma vie,

MONSEIGNEVR,

Vostre tres-humble, &
tres-fidele seruiteur,

ARISTARQVE.

Contraste insuffisant

NF Z 43-120-14

www.ingramcontent.com/pod-product-compliance
Ingram Content Group UK Ltd.
Pitfield, Milton Keynes, MK11 3LW, UK
UKHW021220230726
13926UKWH00003B/1146

9 782013 595698